내가 가꾸는 나
상담소

내가 가꾸는 나 상담소

초판 1쇄 인쇄_ 2022년 02월 10일 | **초판 1쇄 발행_** 2022년 02월 15일
지은이_민가은, 박영주, 권미린 | **엮은이_**배설화 | **펴낸이_**진성옥 외 1인 | **펴낸곳_**꿈과희망
디자인·편집_윤영화
주소_서울시 용산구 한강대로 76길 11-12 5층 501호
전화_02)2681-2832 | **팩스_**02)943-0935 | **출판등록_**제2016-000036호
E-mail_ jinsungok@empal.com
ISBN_ 979-11-6186-113-5 43810
※ 책 값은 뒤표지에 있습니다.
※ 새론북스는 도서출판 꿈과희망의 계열사입니다.
ⓒPrinted in Korea. | ※ 잘못된 책은 바꾸어 드립니다.

내가 가꾸는 나

상담소

민가은 박영주 권미린 지음
배설화 엮음

꿈과희망

코끝이 시린 바람이 불어오는 가을이다. 유난히도 무더웠던 올해 여름은 가을의 온도를 잊을 만큼 강렬했지만 어느새 찬 공기가 피부를 스치는 계절이 왔다.

무더위와 장마를 이겨내야만 열매를 맺는 것처럼 우리 친구들의 집필 과정을 계절에 빗댄다면 지금 이 순간이 가을이라고 할 수 있다. 고비를 한 순간 한 순간 넘어오며 이 책을 낸 우리 아이들에게 격려의 박수를 보내고 싶다.

이 책은 크게 3개의 이야기, 그리고 그 안에 담긴 작은 이야기들이 모여 만들어졌다. 각 장마다 이야기의 상징을 더하는 탄생석을 배치하였다. 이 아이들이 모여 1년을 이루는 것처럼 이야기들은 '내가 가꾸는 나 상담소'로 집결된다.

이 책의 주인공은 과거의 어느 순간에 머물렀던 인물이다. 그 인물이 시간을 초월하여 현대의 삶에 개입한다. 이 과정에서 만나는 여러 사람들을 내담자로서 받아들이고 그들의 고민에 공감하며 마음을 열어준다. 이 과정은 다른 사람을 치유하는 과정이자 나를 돌아보게 하는 과정으로서 기능을 한다.

지금 나에게 위로해 줄 사람을 찾는가? 이 책을 읽기를 권한다. 누군가에게 작지만 힘이 되어주고 싶은가? 역시 이 책을 읽기를 권한다.

한 순간 한 순간 발 디디며 성장했을 세 명의 친구들은 누구보다 열심히, 최선을 다해 토의하고 아이디어를 발산하여 이야기를 만들어냈다. 자신의 삶의 일부를 녹여내기도 하고 다른 친구의 모습을 관찰하기도 하면서…. 이 모든 순간들을 녹여 낸 아이들의 책을 대견하게 봐주셨으면 한다.

가을바람이 불어오는 창가에서
배설화

민가은 작가

안녕하세요. 대구 매천중학교 1학년 귤말랭(민가은) 작가입니다.
평소 장편소설 읽기를 좋아합니다. 책을 많이 읽다 보니 저의 저서
를 써 내려가고 싶었습니다. 아직 1학년이라서 경험도 부족하고 어
휘력도 부족하겠지만, 이야기에 몰입하여 재미있게 읽어주시면 감
사하겠습니다.

박영주 작가

안녕하세요! 대구 매천중 1학년 무말랭(박영주) 작가입니다. 책을 읽는 것을 좋아하기도 하고, 초등학교 때 책쓰기부를 했던 경험이 생각나 다시 한번 책을 쓰게 되었습니다. 부족한 실력이지만 제가 좋아하는 글쓰기를 마음껏 할 수 있어서 즐겁고 재미있었습니다. 이런 저의 마음처럼 독자분들 또한 이 책을 재미있게 읽어주셨으면 합니다. 이 책의 페이지를 넘겨주셔서 감사합니다.

권미린 작가

　안녕하세요. 대구 매천중학교 1학년 감말랭(권미린) 작가입니다. 수다 떨기와 매콤한 떡볶이 먹기를 좋아합니다. 평소 예술과 문학에도 관심이 많아 이번 책 쓰기 활동에 참여하게 되었습니다. 미흡한 글솜씨지만 부디 귀엽게 여기시고 즐거운 마음으로 읽어주셨으면 좋겠습니다. 저희의 책을 읽어주셔서 감사합니다.

차
례

진실과 희망 사이 ____

성공과 우정 사이____

행운과 행복 사이____

진실과 희망 사이

- ruby

사람은 강자에게는 약하고 약자에게는 강한 법이지.

7월 9일, 오늘 마녀가 죽었다.

전쟁에 나가기만 하면 백전백승으로 승리를 이끄는 크리거 왕국 최초의 여기사가……. 바로 나다.

어릴 적에 황실기사단장이신 아버지를 따라 몇 번 기사 훈련에 따라갔던 적이 있었다. 검을 휘두르며 군대를 진두지휘 하시는 모습이 어찌나 황홀하던지……. 그 어린 나이에 무거운 검을 잡고 적을 무찌르는 상상을 얼마나 했는지 모른다.

물론 그땐 '여자애가 무슨 기사를 한다는 거야.'라고 주변에서 잔소리를 많이 듣긴 했다. 그 사건이 일어나기 전까지는 말이다.

9살 때인가. 그쯤에 황실에서 기사 대회가 열렸다. 15살까지 참가할 수 있는 대회였고 물론 남자아이들만 출전할 수 있었다. 나도 대회에 출전하고 싶다고 아버지께 조르고 또 졸랐지만, 황제 폐하께서 그렇게 정하신 거라 어쩌지 못한다고 말씀하셨다.

그래서 한 가지 꾀를 내었다. 남자아이들처럼 변장하고 대회에 출전하는 거였다.

그때부터 매일같이 아버지를 따라 기사훈련장에 가서 몰래 연습했다. 누구보다 잘하고 싶은 마음에 손가락이 검에 베여서 피가 흐르고 온몸에 멍이 들어도 모르고 연습했다. 나날이 검술 실력이 발전하는 나였지만 나는 그것에 만족을 못하고 나의 한계보다 더 많은 것을 원했다.

대회 날이 가까워질 때쯤에는 검을 다루는 것은 보통 기사들만큼 잘하게 되었다. 대회 날, 나는 신속하게 머리를 짧게 자르고 식은 숯을 피부에 발라서 피부를 거멓게 했다. 그러고는 아버지, 어머니 몰래 저택을 나와서 곧바로 기사대회장으로 뛰어갔다.

대회 신청을 하고 연마장으로 가서 대기하고 있을 때였다. 내가 여자인 걸 알고 쫓아낼까 봐 엄청 긴장했다. 예상과 다르게 다들 나를 알아보지 못했다. 참 다행이다 싶었다.

이제 내가 싸울 차례가 되었고 그동안 연습한 덕분인지 차례차례 상대방을 이겼다. 그리고 마지막 끝판왕, 테릴르 힐리야스가 남았다. 그 아이는 우리 왕국에서 엄청 유명했다. 검술 실력이 뛰어나기로 말이다. 그 아이 또한 대회에 열심히 임했지만, 결국 나를 이기지는 못했다.

난 땀에 흠뻑 젖은 상태였기 때문에 애써 힘들게 공들인 분장이 다 지워졌었다. 하지만 머리를 짧게 자른 덕분에 여자인 걸 들키지는 않았다.

황제께서 나에게 다가와 임명장을 주셨다.

"참 놀라운 실력을 발휘하는군."

폐하를 그렇게 가까이서 보는 건 처음이었다. 생각보다 지긋한 외모에 당황했다. 내가 폐하의 얼굴을 너무 빤히 보니 옆에 비서관님께서 째려보셨다. 그래서 난 제정신으로 돌아왔고 폐하께 기사 임명장을 받는 순간 아버지께서 연마장 문을 박차고 들어오시더니 임명장을 받은 날 보고는 기절하셨다. 충격으로 받아들이실 거라는 건 어느 정도 예상했지만 기절하실 줄은…….

그 후로 부모님에게 기사 임명장을 받았으니 기사가 될 거라고 말씀드렸지만, 역시나 한사코 반대하셨다.

'여기서 포기하면 안 되겠지?'라는 생각으로 부모님을 끊임없이 설득했다. 나의 설득력 있는 말에 부모님은 결국 기사라는 직업을 허락해주셨다. 그래서 온전한 기사가 되었고 많은 전쟁에 나가서 어마어마한 공을 많이 세웠다.

모두가 날 존경했다. 심지어 황제 폐하까지도 말이다. 난 내가 유명하고 모든 사람이 존경하고 떠받들어도 자만하지 않았다. 평민들에게는 불편한 일이 있으면 나서서 도와주고 평민들을 이용해서 재산을 부풀리는 대신들에게는 벌을 주었다.

양날의 검이었다. 평민들에게는 이로웠지만 대신, 관리들은 불리했으니까. 난 그걸 자업자득이라 생각했다. 대신들, 관리들, 귀족들은 속으로는 날 비웃고 싫어했겠지만, 겉으로는 표현할 수 없었겠지. 왜냐하면 난 귀족인데다가 황제 폐하가 아끼는 충성스러운 대신이었기 때문이다.

그들이 날 싫어한다는 것을 알았지만 모른 척했다. 내가 황제 폐하의 눈에 들었기 때문에, 날 함부로 대하지 못하리라 생각했다. 정말 그렇게만 생각했다. 다른 상황으로 흘러갈 경우의 수는 남겨두지 않고 말이다. 그래서 그 후에 어떤 일이 일어날지는 예측하지 못했다.

내일은 7월 10일, 나의 생일이다.

어머니, 아버지, 친구들 모두가 아침부터 나의 생일을 축하해 줄 것이다. 내일 아침 메뉴는 내가 너무나 좋아하는 칠면조 고기구이

일 것이고. 주방장 말에 의하면 그 고기는 어머니께서 직접 구우실 거라고 한다. 어머니께서 직접 구우신 칠면조 구이! 상상만 해도 군침이 돌았다.

그리고 저택의 사람들이 나의 생일이라고 성대하게 아침을 차려 놓을 것이다. 상상해보았다. 내가 상상하는 생일날의 아침은 전부 내가 좋아하는 음식이었다. 또한 사냥한 고기를 먹는 것이 전사의 긍지였기에 음식 대부분이 고기로 이루어져 있었다.

칠면조 고기구이, 고기 수프 등 맛있어 보였다. 음식에는 귀족의 상징인 향신료가 어마어마하게 들어가 있었고 느끼함도 최대치였다.

맛있는 밥을 먹은 후의 일정은 친구들과의 일정이었다. 친구들과 약속한 장소로 가보니 많은 친구가 모여 있었다. 친구들은 나를 환영하며 생일을 축하해주었다. 약속 장소를 어찌나 휘황찬란하게 꾸며 놨던지 모든 것이 번쩍번쩍했다. 가장 큰 의자에는 나의 탄생화인 초롱꽃이 수놓아 있었다.

물론 상상 속의 장소에는 수많은 생화 초롱꽃이 놓여 있었다. 나의 탄생화라서 초롱꽃을 좋아하기도 하지만 초롱꽃을 처음 봤을 때 한눈에 반해버렸다. 밑으로 늘어진 하얀 꽃봉오리와 은은한 꽃내음이 마음에 쏙 들었다. 아마도 한눈에 반해버린 이유는 달고 시원한 꽃내음 때문일 것이다. 그렇다 보니 내가 즐겨 먹던 차도 초롱꽃 차가 대부분이었다. 살짝 달짝지근한 맛과 더불어 달큼한 향내 덕분에 몸과 마음이 동시에 편안해지는 느낌이 있어 주로 일할 때 많이 즐겨 먹었다.

기분 좋아지는 상상을 하고 있을 때였다. 저택 1층에서 비명이 들려왔다.

"꺅! 도와주세요!!"

무슨 일인지 아주 다급한 목소리였다. 나는 긴 다리로 계단을 껑충 뛰어 1층으로 내려갔다. 그러자 눈앞에 펼쳐진 광경은 끔찍했다.

미리 짜놓은 듯, 한 하녀가 목에 피를 철철 흘리며 쓰러져 있었고, 누군가의 검 끝에는 선명히 붉은 피가 맺혀 있었다. 왕국의 백성들은 저택을 마구잡이로 부수고 있었고 어머니와 아버지께서는 새파랗게 질려 있었다. 그때 어떻게 그런 용기가 났었는지 모른다.

한 백성에게 물었다.

"왜 그러십니까? 무슨 문제가 생겼습니까?"

"마녀다! 마녀가 내게 말을 걸었다! 나는 저주에 걸렸다! 마녀에게 고통받는 것보다 죽는 것이······."

"자, 잠깐······. 마녀라니요?"

대답을 들을 새도 없이 그 백성은 스스로 목을 졸라 자살했다. 백성들은 나에게 마녀라며 경멸하는 눈으로 보았고 우리 저택은 만신창이가 되어 폐허가 되었다.

정말 혼란스러웠다. 왜 나를 마녀라고 할까. 머릿속이 너무 혼잡해서 정신을 차릴 수 없을 때, 갑자기 쾅 하고 소리가 들리더니 누군가 기사들을 이끌고 나에게로 오더니 나를 끌어냈다. 끌어내는 사람이 누군지 봤다.

내가 예전에 검술대회에 나갔을 때 보았던 소년, 테릴르 힐리야스와 유난히 닮았다. 머리 색깔뿐만 아니라 눈매, 이목구비도 닮았다. 아! 기억났다. 날 끌어내는 사람은 테릴르 힐리야스의 부친이다.

내가 너무 방심했던 것일까? 난 단 하루 만에 나라 최고의 충신에서 마녀로 일생이 바뀌었다.

다 귀족들 때문이지……. 백성들이 우리 가문의 저택을 부수고 나에게 오만가지 욕을 해대면서 무서워했다. 내가 마녀라면서 말이다. 아마 힐리야스 부자가 귀족들을 모아 이런 말도 안되는 역모를 꾸몄을 것이다.

내 두 팔을 잡는 사람의 힘이 너무 세서 저항 한 번 못한 채 화형대로 끌려가 심판을 받았다. 누구든지 억울한 상황이 닥치면 자신을 반론하지만, 군중들 속 누군가 말했다.

"나쁜 법도 지켜야 할 법이다!"

시뻘건 화염 속에서도 난 여전히 내 왕국, 크리거 왕국을 생각할 뿐이었다. 비록 내가 억울하게 죽임을 당하지만, 크리거 왕국은 먼 미래까지 번창하기를 빌고 있었다.

크리거 왕국을 걱정한 후에는 부모님이 생각났다. 내 화형 소식을 듣고 얼마나 놀라셨을까? 부모님의 생각을 끝내니 몸이 타들어 가는 고통이 밀려왔다. 발끝을 보니 발은 이미 검은색으로 그을리고 살이 타서 피가 뚝뚝 흐르고 있었다.

이제는 그냥 이런 고통을 받으니 죽고 싶었다. 갑자기 의식이 끊겼다.

눈을 떠보니 나는 하얀 공간에 들어와 있었다. '죽은 건가?' 하고 하얀 배경을 이리저리 둘러봤다. 그 배경의 중간에 예쁜 나무가 하나 있었다. 아직 꽃을 맺지 못한 하얀 꽃봉오리들과 앙상한 나무줄기가 있었는데 이상하게도 한참 파릇파릇해야 할 잎사귀들은 어디로 갔는지 의문이었다.

한참 그 나무를 구경하고 있는데 뒤에서 인기척이 들렸다. 나를 해치려는 적인 줄 알고 허리춤에 있던 칼집에서 칼을 뽑았다. 그리고 뒤를 돌아 인기척이 있던 곳으로 힘껏 내려쳤다. 그 인기척은 하얀 천으로 얼굴과 몸을 가리고 있었다. 몸은 가냘프고 키는 나랑 비슷해 보였다. 아까 본 나무도 아름다우면서도 차갑고 냉랭한 느낌이 있었다. 또한 이상하게도 기이한 느낌이었다. 그 인기척의 주인도 그랬다. 사람 같으면서도 사람 같지 않은 느낌이랄까? 나는 인기척의 주인을 사람이라고 믿었다. 그런데 나의 칼을 한 번에 막아낼 뿐만 아니라 손으로 칼날을 잡았는데 손에 피 한 방울 나지 않았다. 동화에 많이 나오는 대사여서 조금 유치하긴 하지만 해보기로 했다.

"넌 누구냐!"

"알려 줄 수 없지만, 지금의 너에게 도움을 줄 순 있다."

그 사람은 목소리조차 기이한 것 같았다. 그 공간이 엄청나게 광활해서 메아리처럼 울리는 것도 기이한 소리에 한몫을 했다. 그리고 그 사람이 말했다.

"너에게 한 번 더 살 기회를 주겠다. 너는 네가 살던 곳이 아닌 다른 곳으로 가게 된다."

다른 곳이라니? 어디로 간다는 말인가. 그리고 나는 한 번 더 살고 싶지 않다. 또다시 나를 시기하고 없애려는 사람들을 생각하면 몸이 저절로 떨린다.

"난 새로운 삶을 살지 않겠……."

내가 그 사람에게 답을 하는 순간, 머릿속이 어지러워지며 의식을 잃었다.

진실과 희망 사이

- peridot

여긴 또 어디지? 머리가 깨질 듯이 아프다. 눈을 떠보니 낯선 건물이 보인다. 여러 종이와 의자, 책상이 있고 책상 위에는 영롱한 빨간 빛의 루비 목걸이가 보인다. 목걸이가 아름다워 손을 가까이하니 조금 전 만났던 사람의 목소리가 들려온다.

"너는 이제 완전히 새로운 삶을 살게 될 것이다. 이곳에서의 네 이름은 서로아, 나이는 23살이다. 너는 현재 심리상담소를 운영 중이다."

나는 이 말을 듣고, '정말 내가 다른 세계에 왔다는 말이야?'라고 생각했고 '도대체 이 목소리의 주인은 누구기에 이런 마법을 부리지?'라고 생각했다. 그러자 그 사람이 마치 내 마음을 아는 듯이 말했다.

"나는 시간의 신이고 불쌍하게 죽임을 당한 너에게 희망을 주는 것이다."

‘나는 이게 무슨 모순인가······.'
정말 신인지 의문이 들었다. 그래서 나는 신에게 제안했다.

"나는 신이 되고 싶으니 나를 불쌍하게 보았다면 신으로 만들어
주시지."
"그건 쉽게 되는 것이 아니다. 네가 몇 가지 깨달음을 깨우쳐야
신이 될 수 있으니 인간 세상에서 깨달음을 깨우쳐라."

무슨 깨달음? 뭔지 알려 줘야 내가 뭘 하든지 말든지 하지.
아휴. 한숨이 저절로 나왔다. 이걸 어떻게 해야 하나. 난 내가 겪
은 수모를 봐서도 신이 되어야 한다고 생각했다.
‘그래! 이왕 새로운 삶을 사는 거면 신도 되어보자!'

내가 서로아라는 아이가 되었을 때는 이미 이 세계의 정보를 다
알고 있는 상태여서, 이 세계에 적응하려는 노력은 필요하지 않았다.
그때, 루비 목걸이에서 빛이 나며 글씨가 써졌다.

‘이 목걸이는 상대방의 마음을 알려 줍니다.'
이 글을 보고 그냥 던져두었다. 마음을 알아주는 것은 자신이 있
으니까.

첫 번째 깨달음을 알기 위해서 일단 상담사 서로아로서의 역할을 다해야 할 것 같다.

- 딸랑

저 앞의 문에서 소리가 났다. 고개를 드는 순간, 한 여자와 눈이 마주쳤다. 그 사람은 나와 눈이 마주치고는 어쩔 줄 몰라 더듬거리며 인사를 했다.

"아, 안녕… 하세요."

나는 인사를 받은 후 어떻게 해야 할 줄 몰라 멍해져 있다가 갑자기 내가 상담사라는 것이 생각났다.

"네. 안녕하세요~"
라고 대답하고 초록색 빛이 도는 소파로 그분을 안내했다.
"어서 오세요. 여기까지 오느라 힘드셨죠. 일단 여기 앉으세요."
"아, 감사합니다."

그녀에게 뭐라도 대접해야 하는 것 아닌가 하는 생각에 주위를 둘러보니 진열장 안에 내가 좋아하는 초롱꽃 차가 들어 있었다.

"음료는 초롱꽃 차, 괜찮으시나요?"

"네, 뭐든지 괜찮죠."

초롱꽃 차와 같이 있던 흰색 머그잔에 꽃잎과 뜨거운 물을 넣으니 김이 폴폴 나며 상담소를 따뜻하게 해준다. 그녀에게 머그잔을 건네며 말한다.

"성함이 어떻게 되세요?"
"저는 윤지아라고 합니다. 나이는 34세예요."
"그러시구나. 저는 서로아라고 합니다. 이름이 참 예쁘시네요."
"감사합니다."
"저에게 어떤 것을 상담받으러 오셨나요?"

그녀에게 묻자 그녀의 얼굴에 흙빛이 돈다.

"저… 그게 제 얘기가 하찮게 들리실지 모르겠지만 저는 악몽 때문에 이곳에 오게 되었어요."
"하찮다니요. 모든 것은 하찮지 않아요. 악몽 또한 지아 님에게는 많은 두려움이었잖아요."
"그렇게 생각해주시니 감사해요. 친구나 부모님께 악몽에 관해서 얘기하면 그런 건 아무것도 아니라는 듯 답하거든요."
"그렇군요. 매우 섭섭하셨겠어요."
"맞아요. 아 참, 말이 너무 길어졌네요. 제 얘기를 들려 드릴게요. 1년 정도 전부터 악몽이 시작됐어요. 끔찍한 꿈속에는 저의 학창 시절이 나와요. 상상도 하기 싫은 시절이죠. 저는 예전부터 소심하고 조용히 있는 성격이었어요. 그래서 선생님이 발표해보라고 하시면 저는 공포에 휩싸였어요. 반에서 은근히 왕따였던 제가 발표하면 항상 친구들이 저를 비웃었거든요."

이 얘기는 나의 얘기와 매우 흡사해서 놀랐다. 기사가 되고 싶었던 나에게 주변에서 비웃던 그때가 기억이 났다.

"학창 시절이 지나고 성인이 되고는 그 트라우마를 극복했어요. 근데 1년 전부터 갑자기 그 시절이 꿈에 나오는 거예요. 그때부터 하루도 빠짐없이 악몽을 꾸면서 잠을 거의 못 자게 됐어요."

지아 님이 말을 끝맺고 5초 정도의 정적이 흘렀다.

"… 별거 아닌 걸로 귀찮게 해드린 것 같네요……. 죄송합니다."
"죄송하긴요. 세상에 별거 아닌 고민이 어디 있어요. 고민하고 있는 사람한테는 절대 별일이 아니잖아요. 저도 지아 님 사연과 비슷한 일을 겪어봐서 잘 알아요."
"그러시구나. 제 얘기를 잘 들어 주시니까 한결 마음이 편안해지네요."
"음… 그러면 악몽을 꾸고 싶지 않은 거죠?"
"맞아요. 악몽을 꾸고 나면 종일 피곤하고 누가 저를 비웃을 것 같아요. 1년 동안 거의 맨날 악몽을 꾸니 자기도 싫고 삶의 의욕이 없어졌어요."

"제 생각에는 지아 님이 학창 시절의 트라우마를 극복하기는 했지만, 잠자리에 들 때 불안감과 두려움을 안고 주무시는 것 같아요."

"그런 것 같기도 해요."

"제가 도움이 될지는 모르겠지만, 머리를 맑게 해주는 차가 있어요. 저도 가끔 쓰는 저만의 민간요법이랄까요?"

"뭔데요?"

"방금 제가 지아 님께 내어드린 초롱꽃 차를 잠자기 전에 근처 공원에 가서 따뜻하게 드셔보세요. 초롱 꽃차가 머리를 맑게 해주는 데에는 탁월하거든요."

"어… 근데 제가 찻잎이 없어서요."

"그렇네요. 아니면 오늘은 저랑 같이 공원에 가서 차 드실래요? 기분도 전환하고 이런저런 이야기도 하고요."

"네, 그래요."

그렇게 지아 님과 공원으로 걸어갔다.

"공원에 다 왔네요."

내가 말했다.

"그러게요. 이건 무슨 꽃일까요? 제 마음에 쏙 드는데요?"

"그러세요? 이건 아마 아까 전 말씀드렸던 초롱꽃일 거예요."

지아 님은 초롱꽃이 마음에 드는 듯했다.

"로아 님, 손에 들고 계신 건 뭔가요?

"아, 이건 직접 만드는 드림캐처예요. 예전부터 드림캐처는 불운한 것을 막아주고 행운이 온다고 해서 가져와 봤어요."

"설마 저에게 주시는 건가요?"

"맞아요. 이렇게라도 해서 지아 님이 악몽을 꾸지 않았으면 좋겠네요."

"너무 감사해요."

"별말씀을요. 그러면 한 번 만들어 볼까요?"

"네!"

"우리가 만들 드림캐처는 하늘색이에요."

"어! 제가 가장 좋아하는 색이에요."

지아 님은 내가 생각한 것보다 훨씬 더 손재주가 좋았다. 드림캐처를 가져온 내가 지아 님의 도움을 받아 가까스로 완성했고 지아 님은 빠른 손놀림으로 예쁘게 드림캐처를 완성했다.

"지아 님, 손놀림이 예사롭지 않은데요? 너무 잘 만들었어요."

"고마워요. 제가 뭘 만드는 것을 좋아하거든요."

드림캐처를 다 만든 우리는 저 멀리 있는 달에 그것을 비추어 보았다. 한눈에 봐도 지아 님이 만든 것이 더 예뻐 보인다. 아 참, 그게 중요한 게 아니었지?

"지아 님, 도움이 될지는 모르겠지만 이 드림캐처로 악몽을 뿌리칠 수 있으셨으면 좋겠어요."

"저도 로아 님의 진심 어린 응원을 들으니 힘이 나는 것 같아요!"

그리고 나는 지아 님의 손에 컵을 쥐여주며 초롱꽃 차를 따라주며 말했다.

"지아 님, 1년 동안 잊고 싶은 악몽 때문에 많이 힘드셨죠? 이야기 들어 드리는 것에 고마워하지 않으셔도 돼요."

"저야말로 지아 님이 제게 이야기해주셔서 고마운 걸요? 이다음에도 혹시 힘든 일이 생기신다면 저에게 와서 이야기해 주세요."

"정말요? 그래도 되는 건가요?"

"그럼요."

내가 미소 지으며 말했다. 그러자 지아 님의 얼굴에는 이때까지 볼 수 없었던 환한 미소가 생겨난다. 지아 님이 활짝 웃으니 나도 기분이 저절로 좋아진다.

"로아 님이 제 얘기를 경청해 주시고, 진심으로 답변해 주셔서 얼마나 고마운지 몰라요."

지아 님이 그 얘기를 한 후 긴 정적이 흘렀다. 비록 정적이었지만 마치 교감하는 듯한 시간이었다.

차를 담은 컵에서는 김이 모락모락 나고 지아 님의 얼굴은 달빛에 반사되었고 그녀의 웃음도 나에게 반사되었다.

일주일 후, 지아 님이 나에게 문자를 보내왔다.

- 로아 님! 좋은 소식이 있어요!
  혹시 내일 시간 되신다면 만날 수 있을까요?

좋은 소식? 무슨 좋은 소식일까?

- 네, 그럼요. 제가 지아 님 만날 시간도 없겠어요?
  당연히 시간 내야죠.

지아 님이 답장을 보냈다.

- 그럼 내일 오후 4시쯤에 봬요~
- 네, 내일 봬요~

아침부터 지아 님과 만나서 얘기할 생각에 들떴다. 아침에 일어나자마자 옷을 머리부터 발끝까지 정하는 데에만 2시간이 걸렸다. 단 1분 만에 옷을 빠릿빠릿하게 입었던 중세시대의 나는 어디로 갔을까?

- 딸랑

오랜만에 종소리를 들어본다.

"지아 님! 어서 오세요!"
"오랜만이네요. 로아 님."
"지아 님, 보고 싶었어요!"
"저도요. 보고 싶었어요."

지아 님은 내가 차를 가져오는 동안 벌써 녹색 소파에 앉아있었다. 상담소가 익숙해진 것일까.
나는 차를 건네며 물었다.

"지아 님, 문자로 어제 좋은 소식이 있다고 하셨잖아요."
"아, 맞다. 너무 반가워서 이야기하는 걸 깜빡 잊어버렸네요."
"괜찮아요."
"그게요……."

지아 님이 갑자기 뜸을 들였다. 그 잠깐의 정적이 얼마나 불안하던지… 하지만 그 불안도 잠시였다.
"저 이제 악몽 안 꿔요!"
"정말요? 진짜 다행이에요. 저는 지아 님이 뜸을 들이셔서 깜짝 놀랐잖아요!"
"아마도 로아 님이 제 얘기를 끝까지 들어주셔서 마음에 평화를 되찾은 것 같아요. 다시 한번 감사드려요. 로아 님이 저에게 주신 차가 저에게는 너무 큰 힘이 됐어요."

"그래요?"

"그리고 제가 곰곰이 생각해봤는데 제 악몽이 1년 전부터 생긴 이유가 애정 때문인 것 같아요. 제가 서른 살 후반인데 결혼도 안 하고 사교적이지 못한 성격이라 친구도 별로 없거든요. 저는 이때까지 얼어붙었던 마음을 따뜻하게 녹여줄 사람이 필요했던 것 같아요. 아 참, 그리고 로아 님이 추천해주셨던 초롱꽃 차 있잖아요. 그 차를 계속 먹다 보니 중독되더라고요. 제 인생 차입니다!"

지아 님의 이야기를 듣다 보니 갑자기 울컥했다.

"로아 님, 왜 우세요? 울지 마세요~"
"죄송해요. 갑자기 울컥하네요."
"로아 님, 가끔 보면 저보다 마음이 여리신 것 같아요."
"그런가요? 저도 모르는 면을 아셨네요. 축하드려요."

나의 말에 우리는 함께 웃었다. 이렇게 웃은 게 얼마만인지 모르겠다.

진실과 희망 사이

– sapphire

지아 님을 상담해 주고 며칠이 지났다.

오늘따라 몸이 오들오들 떨리는 것이 까딱 잘못하면 감기에 걸릴 것 같다. 몸을 따뜻하게 유지하기 위해서 하얀색 스웨터를 입고 초롱꽃 차를 만들러 진열장으로 갔다.

"뭐야! 초롱꽃잎이 왜 이렇게 없지? 다른 꽃차는 맛없는데…….

나는 하는 수 없이 두꺼운 외투를 걸치고 상담소 건너편에 위치한 꽃가게에 가기 위해 상담소 밖으로 나왔다.

길을 건너려고 신호등의 신호를 기다리고 있는데 옆에서 웬 꼬마들이 비눗방울을 날리며 장난치고 있었다.

횡단보도 바로 앞에서 장난치던 터라 사고라도 날 것처럼 위태로워 보였다.

"꼬마들아, 앞에 차가 지나다니고 있으니까 조심히 놀아."

내가 갑자기 말을 하니 꼬마들은 나를 멀뚱멀뚱 쳐다보더니

"우리 꼬마 아니거든요!"
라고 말하며 신호등에 초록 등이 바뀌자마자 쌩 달려갔다.

"뭐가 꼬마가 아니라는 거지?"
나는 혼잣말로 얘기했다.

횡단보도를 건너니 꽃가게의 외형이 더 뚜렷이 보였다. 간판은
나무로 되어 있었고 'Romantic flower'라고 흰 글씨로 적혀져 있었
다. 문을 열고 들어가니 가게 이름처럼 로맨틱한 느낌이 물씬 났다.
분홍색 벽지와 나무가 조화를 이뤄서 편안했다.

달콤한 꽃향기도 나고 비눗방울도 보였다. 잠깐, 가게 안에 비눗
방울? 설마? 그 설마라고 생각한 것이 맞았다. 조금 전에 보았던 두
꼬마가 있었다.

"뭐야, 너희가 왜 여기 있어?"
"어! 뭐야. 아까 봤던 아줌마다."
"아줌마라니! 내가 너희보다는 나이가 더 많지만, 아직 결혼도 안
하고 23살밖에 안 된 아가씨거든?"
"아 네, 알겠어요, 알겠어요. 아.주.머.니?"

"와~ 정말… 난 아주머니도 아니거든?!"

"헤헤, 알겠어요. 언니라고 불러도 돼요?"

"어, 그래도 돼. 너희 이름은 뭐야?"

"저는 여은이고, 제 옆에 있는 애는 예은이에요."

그러자 예은이가 말했다.

"야, 언니한테 누가 그렇게 말하냐?"

"뭐래, 몇 분 일찍 태어난 거 가지고."

아마도 여은이와 예은이는 일란성 쌍둥이인 것 같다. 눈매가 동
글한 것도 똑같고 머리부터 발끝까지 너무나 닮았다.

"아, 맞다. 언니 이름은 뭐예요?"

여은이가 똑 부러지게 말했다.

"나는 서로아라고 해."

"와, 언니 이름 너무 예쁜데요?"

"아, 그래? 고마워."

그때 가게 안쪽에서 갈색 앞치마를 쓰신 한 중년의 남자분이 나
오셨다. 예은이가 말했다.

"언니, 우리 아빠예요. 그리고 이 꽃집 사장님이기도 하죠."

"안녕하세요. 저는 서로아라고 합니다. 이 가게 맞은편에 내가 가꾸는 상담소를 운영하는 중입니다."

"아, 어서 오세요. 제 소개를 하려고 했는데 우리 딸들이 먼저 소개를 해줬네요."

"여은이랑 예은이가 너무 귀여워서 살맛나시겠어요. 제가 봐도 너무 사랑스러운 아이들인데 아버님은 오죽하시겠어요."

"우리 딸들이 그런 편이긴 하죠. 그런데… 저희 가게에는 무슨 일이신가요?"

"아, 네. 제가 정말 아끼는 찻잎이 다 떨어져서요."

"어떤 꽃잎인지 말씀해 주시겠어요?"

"초롱꽃잎이에요."

"오. 이 꽃차를 드시는 분들이 거의 없어서 서운했는데 좋아하시니 기분이 좋네요."

"네?"

"아, 제가 가장 좋아하는 차가 초롱꽃 차거든요."

"저도요."

"처음에 차가 목구멍으로 들어갈 때는 따뜻하면서 내려갈수록 화를 시원하게 식혀준달까요? 부드러우면서도 시원한 느낌이라는 게 딱 어울리는 것 같아요."

"또, 초롱꽃 차를 마시면 차분해지고요."

"오랜만에 동족을 찾은 기분이네요."

"여은이랑 예은이도 차 좋아해요?"

"아니요, 쓰다나 뭐라나, 아무튼 걔네는 차 맛을 아직 몰라요."

"아쉽네요. 근데 두 친구한테 나이를 안 물어봤네요."

"12살이에요."

"정말요? 저는 3학년쯤 돼 보였는데."

"애들이 누굴 닮았는지 키도 그렇고 자기들 나이 또래보다 작고 취향도 아직 저학년 취향이에요."

"안 그래도 아까 횡단보도에서 만났었는데 비눗방울 가지고 신나게도 놀더라고요."

"아휴, 우리 딸들은 언제 철들지 모르겠어요."

"에이~ 아직 한참 어린데요, 뭘. 어릴 때는 어린이답게 놀아 줘야 하는 것 같아요."

"그렇기는 하죠. 잠시만 기다리세요. 꽃잎 포장해 드릴게요."

"네."

꽃가게 사장님께서는 금방 꽃잎을 포장해 나오셨다.

"맛있게 드세요."

"네, 감사해요. 다음에도 오겠습니다."

"네, 안녕히 가세요."

그리고 뒤에서 두 친구의 목소리도 함께 들린다.

"잘 가요. 언니~!"

다음날 새벽, 나는 초롱꽃잎으로 가득 쌓인 진열장을 보며 힐링을 했다.

모두가 일어나지 않은 깜깜한 새벽에 창문을 열었다. 쌀쌀한 새벽 공기가 숨을 들이쉬니 폐 저 깊숙한 곳까지 밀려온다.

이 느낌을 제대로 만끽할 수 있도록 어제 한가득 사둔 초롱꽃잎을 머그잔에 담는다. 그러고는 따뜻한 물을 부어 천천히 우려낸다.

이러한 과정은 나의 마음을 진정시켜 주는 느낌이 있다.

우려낸 차를 들고 또다시 창문으로 가까이 가서 여유롭게 아침 시간을 즐겼다. 이렇게 여유로운 것이 얼마 만인지 모르겠다. 맨날 꼭두새벽부터 기사 훈련하러 다녔으니 여유로운 적이 없었던 것이겠지.

저 멀리서 해의 머리가 조금씩 보인다. 그러더니 점점 올라온다. 그 광경은 절경이었다. 윗부분은 아직 깜깜한데 해의 빛을 내리어 받은 부분은 분홍색을 띠었다. 마치 솜사탕처럼 달콤한 배경이었다.

– 딸랑

이제는 좀 익숙해진 나의 가게 문 종소리. 누군가 가게에 발을 들였는지 본다. 갑자기 앳된 목소리가 들려온다.

"안녕하세요."

"어! 예은아, 어쩐 일이야?"

"여기 상담소 아니에요?"

"맞기는 하는데, 예은이 상담 받으려고?"

"네."
"일단 여기 좀 앉아 있을래?"

누구보다 활발한 예은이가 나에게 어떤 이야기를 할까 궁금해졌다.
.
"자, 여기 있어."

나는 예은이에게 차를 내밀었다.

"윽, 차는 쓴데….'
"으이구, 쓴 게 더 좋은 거야."
"힝. 그래도……."
"내가 이럴 줄 알고 꿀물 타 놨으니까 먹어."
"오, 정말요? 꿀물이에요?"
"속고만 살았니. 먹어보면 알잖아."

내 말이 끝나자마자 예은이는 벌컥벌컥 꿀물을 마시기 시작했다.

"앗, 뜨거워……. 저 혓바닥 뎄어요~."
"어이구, 조심 좀 하지."
"헤헤."
"그런데… 예은 님, 상담 받고 싶은 고민이 뭘까요?"
"음… 저… 그게요. 에이 조금 쪽팔리는데……."

"부끄러워할 필요 없어. 아무한테도 얘기 안 할게."

"그럼, 말할게요. … 사실 여은이가 부러워요."

"여은이가? 어떤 점이?"

"여은이는 공부도 잘하고 발표도 더듬거리지 않고 잘해요. 하지만 저는 학원에 다녀도 진도에 잘 따라가지도 못하고 시험도 잘 못쳐서 많이 혼나요. 매일 꾸준히 열심히 공부해도 여은이와 같은 분량의 공부를 하면 여은이는 다 외우는데 저는 그에 반도 못 외워요."

"많이 속상하겠다."

"맞아요. 근데 이제 저도 내년이면 6학년이고 더 있으면 중학생이잖아요. 매일 아침 먹을 때면 여은이는 여유롭게 밥을 먹는데, 저는 엄마, 아빠한테 '너는 매일 여은이랑 공부를 똑같이 하는데 왜 여은이 반도 못하니'라는 말을 들어요."

"너 자신도 너에게 실망스러운데 다른 사람들이 옆에서 여은이랑 비교하니까 기분이 더 안 좋았구나."

"바로 그거죠. 역시 상담사셔서 다르시네요."

"에이, 그 정도는 아니야."

"아니에요. 제가 보기에는 대단한 걸요?"

"그런가?"

"무엇 하나라도 잘하시는 게 어디에요. 전 아무것도 잘하는 게 없는데……."

"그게 무슨 소리야. 네가 잘하는 게 없다니."

갑자기 예은이가 눈물을 쏟아냈다.

"흑… 저는… 여은이처럼 공부를 잘하지도 않고… 뛰어난 게 없으니까요."

"아니야, 그렇지 않아. 언니는 예은이가 활발하고 웃음이 많아서 이런 면이 없을 줄 알았는데, 언니가 잘못 알았네. 미안해."

"아니에요. 미안해하실 필요 없어요."

"음…. 언니가 보기에는 예은이도 좋은 점을 많이 가지고 있는 것 같아."

"예를 들면요?"

"예를 들면, 뭐 예은이의 환한 미소를 보면 주변 사람들까지 미소짓게 하는 거라든가."

"그리고요?"

"그리고 우리 예은이는 마음이 여려서 다른 사람의 얘기를 귀담아 들어주고 힘이 되는 말을 잘해주는 것 같아."

"어, 그럼 저도 잘하는 게 있는 거네요?"

"그럼~ 그리고 예은아 꼭 뭘 해서 잘한다고 할 수는 없어."

"무슨 말이에요?

"음…. 좀 어렵기는 한데 얘기해줄게. 어떤 친구는 공부도 못하고 발표도 못 하고 글도 잘 못 쓰는 친구야. 그러면 그 친구에게는 어떤 칭찬을 할 수 있을까?"

"잘 모르겠어요. 잘하는 것이 없는데 어떻게 칭찬을 해줘요?"

"언니는 그런 생각이 들어. 평범한 것이라도 잘못한 것이 아니라면 칭찬해 줄 만한 일이라고 말이야."

"예를 들면요?"

"그러니까 욕을 쓰지 않는 친구에게는 이렇게 말하는 거지. 너는 참 고운 말만 쓰는구나 이런 식으로 말이야."

"아, 무슨 말인지 알겠어요. 그러니까 제가 잘하는 것이 없어도 잘 못하는 것이 아니면 그것도 칭찬받을 일이다. 뭐 이런 얘기인 거죠?"

"그렇지. 이것 봐봐, 언니가 많은 설명을 했는데도 집중력을 잃지 않고 알아채잖아? 예은이도 충분히 칭찬받을 수 있고 잘하는 것이 있어. 잘하는 것이 여은이와 조금 다를 뿐이지."

"이렇게 말해주는 사람, 언니가 처음이거든요? 저한테는 정말 와 닿는 말인 것 같아요."

"예은아, 공부를 잘한다고 해서 꼭 행복하고 좋은 것만은 아니야. 너는 맨날 12시간씩 공부해서 칭찬받고 하면 행복할 것 같니? 물론 행복한 사람도 있겠지만 말이야."

"저는 행복하지 않을 것 같아요. 아직은 친구들과 함께 어울려 놀고 친구들 얘기 들어 주고 답하는 시간이 행복한 것 같아요."

"그래? 근데 혹시 내 미니미 조수가 되어주지 않을래? 아무리 봐도 너는 딱 이쪽 계열인데?"

"시급은요? 얼만데요?"

"얼마 줘야지 조수 할 건데?"

"매일 천억씩이요."

"천. 억?"

"네."

"그래그래, 내가 포기한다. 어떻게 한마디도 안 지니."

"어쩌겠어요, 이게 제 매력인 걸요."

"올~ 자신감을 되찾으셨네요. 예은 씨?"

내가 장난스럽게 물었다.

"그럼요, 제가 누군데요. 바로 한예은 아니겠어요? 미래의 심리상담가 유망주인 저 한예은 말이에요."

예은이는 내 말에 한마디도 안 지겠다는 듯 장난스럽게 받아친다.

"그래, 미래의 상담가 유망주님, 언제나 저는 예은이 편인 거 알지?"
"그럼요. 심리상담가 한예은의 1호 팬이 되신 것을 진심으로 축하드립니다."
"아이고, 고맙습니다."
"있잖아요, 저는 나중에 상담가가 되면 언니처럼 될 거예요."
"왜?"
"그야… 비밀이죠."
"왜~ 알려줘~"
"나중에 제 꿈을 이루면 알려드릴게요."
"그래, 알겠어. 예은이 파이팅!"
"네, 언니. 상담해주셔서 감사했어요. 나중에 또 올게요."

지아 님처럼 상담소를 나가는 예은이의 얼굴에는 활기가 드러났고, 자신을 소중히 여기려는 마음을 느낄 수 있었다.

진실과 희망 사이

- opal

어제 저녁부터 밤새 깨어있었더니 너무 졸리다. 자고 싶지만 자면 안 된다.

잠에 빠지지 않기 위해 마른세수를 하고 또다시 커피를 내린다. 그리고 커피에 얼음을 넣어 젓고 얼굴에 가져다 대어서 냉수마찰을 시킨다. 일시적으로 잠이 확 깬다.

'마감일이 내일이다.'

'마감일이 내일이다.'

'마감일이 내일이다.'

"하… 아직 100쪽 가까이 남았는데… 어떡하지……."

이대로는 마감일까지 다 못 적을 것 같은데, 기분 전환이나 하며 아이디어를 생각해보자.

책 초반부에는 아이디어가 넘쳤는데 이제는 아이디어가 사막에서 바짝 말라버린 오아시스 같다.

인터넷에 아이디어 잘 떠오르는 법을 검색해 보았다. 검색했더니 나온 것은 '착시현상을 일으키는 물체를 본다.', '사소한 물건을 보고 있어라.', '뛰어난 절경을 감상하며 노래를 듣는다.' 등이 있었다. 아이디어를 얻기 위해 모두 다 해봤던 방법들이다.

어른이 되면서 굳은 내 머릿속을 탓해야 할까? 어릴 때는 아이디어가 쑥쑥 나왔었는데 지금은 왜 참신한 아이디어가 없는 거야!

진짜 아이디어를 얻기 위해서 오만가지 것들을 다 해본 것 같다. 차를 마시며 명상도 하고, 스트레칭도 했다. 내가 한 것만 해도 족히 100개의 방법은 있을 것이다. 그렇게 많은 방법을 동원했는데도 아이디어가 이렇게 금방 고갈되다니 충격적이다. 아, 이걸 어떻게 해야 하나……. 아, 그래. 동료들에게서 조언을 받아야겠다.

- 저기 수연아, 내가 너무 아이디어가 없거든? 어떻게 해야 할까?

수연이에게 문자를 보내니 감감무소식이다. 그러면 이번에는 다른 동료에게 보내 봐야겠다.

- 동윤아, 마감일이 내일이다. 아이디어 잘 내는 팁 같은 거 없나?

이번에도 허탕이다. 그러면 이번에는 진짜 마지막으로 물어볼까?

- 지아야, 내일이 마감일인데 좋은 아이디어 없을까?

- 띠링

다행히도 지아는 답장해주었다.

- 내가 아는 상담소가 있는데 거기 한번 가볼래? '내가 가꾸는 나 상담소'라는 곳이 있어.
- 헐, 지아야 고맙다. 역시 넌 내 최고의 동료야.

인터넷에 '내가 가꾸는 나' 상담소를 검색했다. 외관은 약간 고 풍스러운 분위기인 것 같은데……. 일단 지푸라기라도 잡는다는 생 각으로 가보자.

하, 괜히 시간만 버리는 거 아니야? 아니야. 지아가 추천해줬는데 그만한 가치가 있겠지.

제발……. 나의 아이디어 뱅크를 되찾았으면!

⋮

- 딸랑

매일 아침 들어도 좋은 이 소리. 종소리 자체가 좋다고 하기보다 는 가끔 찾아오는 내담자분의 이야기가 듣고 싶달까?

"어서 오세요."

"안녕하세요."

"여기 앉으세요."

"감사합니다."

"여기는 어쩐 일로 오시게 되셨나요?"

"아, 아는 동료가 소개해 주더라고요."

"혹시 윤지아 님인가요?"

"맞아요. 지아가 소개해줬어요."

"그렇군요. 현재 고민이 뭔지 말씀해주실 수 있나요?"

"저는 책을 쓰는 작가인데요. 내일이 마감일인데 아이디어가 없어서 책을 마저 쓰지 못하고 있어요. 어쩌면 좋을까요?"

"제가 책을 써보지는 못해서 많은 공감은 해줄 수 없을 수 있어요. 근데 저는 주로 꿈에서 아이디어를 많이 얻어요."

"꿈이요?"

"네. 보니까 책을 마감일까지 쓰셔야 해서 밤에 거의 주무시지 않은 것 같은데. 저는 힘든 일이나 아이디어가 필요할 때 휴식이 필요해서 잠을 자요. 무의식 속에서 일어나는 일들은 깨어있을 때는 상상할 수 없는 것들이 나올 수 있잖아요? 거기에서 영감을 얻는 거죠. 실제로 꿈에 나온 음악에 영감을 받아서 나오는 노래도 많으니까 장담할 수는 없지만, 그 방법이 이 상황에서는 가장 나은 방법이라고 생각해요."

"제가 그 생각을 못했네요. 집에 가서 편한 마음으로 자봐야겠어요."

"잘 선택하셨어요."

상담소에 다녀왔더니 상담사는 내게 잠이 부족해 보인다고 말했다. 잠부터 자는 게 좋을 것 같다니? 한시가 급한데 잠을 자라니? 일단 상담사가 말한 대로 꿈에서 영감이 떠오르는 것을 희망하며 잠을 자러 침대로 향했다. 원고를 아직 완성하지도 않았는데 편안히 눈이 감아질 리가 있나…….

이리저리 왔다가 갔다가 잠시도 가만히 있지를 못하겠다. 예전에 사두고 집 한쪽에 묵혀두었던 아령을 꺼내 들어보기도 하고 내가 처음 썼던 책을 보기도 했다.

이 불안감 때문에 잠을 한숨도 못 자겠다.

"이를 어찌하면 좋겠단 말인가…….”
라며 사극 대사를 따라 읽어보기도 했다.

글이 써지지도 않고 잠을 자려고 해도 잘 수 없었다. 오늘은 제법 쌀쌀한 날씨였는데 계속 이리저리 움직이다 보니 땀이 줄줄 흘렀다. 어휴, 샤워나 해야지.

- 촤악

시원한 물소리가 들린다. 물로 온몸 구석구석의 땀을 씻어 내린다.

샤워하고 나오니 이토록 시원할 수가 없었다. 오래간만에 보송보송한 피부를 느낄 수 있었다. 이런 상태로는 침대에 누우면 바로 잠들 것 같다. 나도 모르게 침대로 돌격해 누웠다. 그리고 몇 초 후 바로 잠들었다.

오래된 시계 하나가 보인다.

- 째깍
- 째깍
- 째깍

나는 자세히 들여다본다. 굉장히 오래된 물건 같은데 먼지 하나 없이 깨끗하다. 시계 안의 숫자는 로마자로 되어 있었다.

어, 근데 뭔가 이상하다.

시계는 원래 1시에서 12시로 가는 것처럼 되어 있는데 반대 방향으로 시침과 분침이 가고 있다.

시계 위에는 유리가 덮여 있는데 그 유리는 신비한 색을 띠고 있다. 전체적으로 푸른빛이 도는데 초록색과 분홍색도 띤다.

시계가 너무 이상해서 만져 보았다. 그런데 만지는 순간 시계에서 빛이 났다.

"하~암, 잘 잤다. 이게 얼마 만에 단잠이냐.

오늘 컨디션 최고인데~.

꿈에서 나온 물건이 있었는데 그게 뭐였더라?

하, 기억이 안 나네. 지금 몇 시지?

어, 6시네. 잠깐! 그래 맞아. 꿈에서 시계가 나왔어."

그 시계를 생각하니 마구마구 아이디어가 떠오르기 시작했다.
폭풍같이 휘몰아치던 글쓰기를 마치고 시계를 보니 7시 30분이
었다.

"어! 시간이 얼마 안 됐네? 후… 진짜 다행이다… 마감일에 맞춰
서 끝내서……. 어제 만났던 상담사 선생님께 감사 인사라도 해야 하
는데 전화번호가 없네?"

- 띠리링 띠리링

"어, 지아야. 나 나훈이거든?"
"어, 나훈아. 글쓰기는 잘했어?"
"그럼, 당연하지. 어제 네가 알려준 상담소에 가서 상담을 받았는
데 그 덕분에 글이 술술 적히더라고."
"다행이다."
"혹시 상담사 선생님 전화번호 좀 알려줄 수 있을까? 어제 너무
급해서 전화번호도 모르고 집에 왔거든."
"알겠어. '010-xxxx-xxxx'이거든? 여기로 전화하면 될 거야."
"고마워."
"응."

곧바로 상담소의 상담사님께 전화를 걸었다.

- 서로아 -

- 띠리링 띠리링

정적만이 흐르는 상담소에 모르는 번호로 전화가 왔다. 깜짝 놀란 나머지 그냥 전화를 받아버렸다.

"네, 여보세요?"

"아, 안녕하세요. 저는 어젯밤에 상담소를 방문했던 김나훈이라고 합니다. 소개가 늦었습니다."

"아, 네. 저는 서로아라고 합니다. 어제의 고민은 해결하셨어요?"

"네, 덕분에 책을 완성할 수 있었습니다. 감사합니다."

"에이, 뭘요. 저는 그냥 도움만 줬을 뿐, 책을 완성할 아이디어는 모두 다 나훈 님의 무의식 속에 있었을 거예요."

"그래도요. 너무 감사해요. 나중에 책 출판하면 하나 가져다드릴게요."

"네, 감사합니다! 기대하고 있을게요."

나훈 님이 우리 상담소에 다녀간 후 한동안 어떤 손님도 찾아오지 않았다.

아픔과 슬픔, 위로가 필요한 이들의 얘기를 들어주고 공감하는 것에 이제는 완벽 적응한 것 같다.

나는 상담하러 오는 손님만을 목 빠지게 기다리고 있다.

나른한 햇살에 못 이겨 손님을 기다리다가 그만 잠이 들고 말았다.

"음… 뭐지?"

등 뒤에서 누군가의 기척이 느껴진다. 뒤로 돌아보니 여은이와 예은이다.

"어라, 뭐야. 너희 언제 왔어?"

"1시간 전에요."

"정말? 나 깨우지……."

"크크크, 농담이에요. 방금 왔어요."

"놀랐잖아! 근데 무슨 일이야?"

"아, 그게 저번에 언니가 꽃집에 온다고 해놓고는 오지도 않고!"

"치~"

"어, 맞네! 까먹고 있었어. 미안해."

"그래서! 저희가 오늘 언니를 저희 가게로 초대하려고요."

"지금?"

"네, 그럼요."

"부모님이 된다고 하셨어?"

"된다고 했어요. 잔말 말고 따라오세요!"

"아이고, 그래그래 알겠다."

쌍둥이가 각각 내 팔을 한쪽씩 이끌고 꽃집으로 향했다.

"오, 얘들아 천천히 가."

"알겠어요."

꽃집에 다 와서 문을 여는 순간 따뜻한 분위기가 형성되어 있었다.

"어서 와요."

꽃집 사장님이 나를 반겨주셨다.

이런 포근함이 그립다. 우리 부모님이 보고 싶다. 너무너무 보고 싶다.

"여기 초롱꽃 차예요."

사장님이 차를 내밀었다.

"우리 예은이가 상담소에 갔다고 하더라고요. 로아 씨가 그렇게 자기 얘기를 잘 들어줬다고도 했어요. 예은이하고 진지하게 대화를 나눠봤는데 우리 딸이 그런 생각을 한다는 건 전혀 몰랐어요. 부모가 돼서는 자식 마음도 몰랐다는 게 미안하고 그렇네요."

"부모라는 게 미리 아이에 맞춰서 준비할 수는 없는 거잖아요. 제가 겪어보지는 못해서 잘은 모르겠지만 제 생각은 그래요. 아이들이 커가면서 부모와 자식 간의 관계도 같이 알아가는 거라고요."

"꼭 기억할게요, 로아 씨의 그 말씀."

이렇게 길다면 길고 짧다면 짧은 대한민국에서의 4개월이 지나갔다.

성공과 우정 사이

- topaz

삶을 살아가다 보면 어쩌다 한 번 이렇게도 운이 없을 수 있을까 싶을 정도로 불행한 날이 있다. 11월 11일, 오늘이 나에겐 그런 날이다. 아무 이유 없이 당연히 내 옆에 있던 사람들이었다. 1시간 전까지만 해도 말이다. 사랑하는 부모님과 죽을 때까지 함께 행복한 삶을 살아가기로 약속한 사랑하는 남편은 교통사고를 당했고 상태가 매우 심각해서 지금 수술을 들어가야 한다는 병원 간호사의 연락을 받았다. 회사에 있던 나는 곧장 병원으로 향했다. 병원으로 향하는 길에 제발 모두가 무사히 살아만 있으면 좋겠다고 생각했다. 30분 뒤, 울먹이는 얼굴로 병원에 도착했다. 내가 도착했을 때는 이미 부모님과 남편은 수술실로 들어갔기 때문에 얼굴을 볼 새도 없었다. 길을 잃은 아이처럼 울먹이는 나에게 경찰이 찾아왔다.

"안녕하십니까. XX 경찰서 교통 범죄 조사팀 박윤석 조사관입니다. 정석호 씨랑 안혜숙 씨 자녀분 되십니까?"

"네. 저희 아버지랑 어머니는 어떻게 된 거예요……?"

"XX 고속도로로 가기 전 길목에서 뺑소니 사고가 있었습니다."

"빼, 뺑소니요?"

"네, 주변에 차량이 많이 있었기 때문에 다행히도 신고는 빨리 이뤄졌는데 차량 번호판을 정확하게 기억하는 운전자가 아직 없어서 근처 CCTV를 조사 중입니다. 인명피해가 크기 때문에 최대한 신속하게 범인 검거하도록 노력하겠습니다."

"…… 알겠습니다. 최대한 빨리… 부탁드릴게요."

"그럼, 수고하십시오."

조사관이 병원 밖으로 나가고 나는 머릿속이 새하얘졌다. '설마 죽지는 않겠지.', '만약 죽게 되면 나는 앞으로 어떻게 살아야 하지.'라는 생각들이 머릿속에서 자꾸 맴돌았다. 눈에서는 그칠 줄 모르는 눈물이 흐르고 있었다.

20분 뒤 동생이 병원에 도착했다. 동생에게 조사관한테서 들은 이야기를 했다. 동생에게 말을 하는 순간에도 눈물이 차올라 목이 메어 목소리가 나오지 않았다. 힘겹게 말을 끝냈을 때, 동생은 꾹 참던 눈물을 흘렸다. 그리고 슬픈 통곡 소리가 내 귀에 들려왔다.

동생과 같이 수술실 앞에서 기다리며 제발 살아만 주기를 눈물로 하염없이 빌고 또 빌었다. 그렇게 2시간 뒤, 수술실 문이 열리더니 의사가 세상을 잃은 듯한 표정을 짓고 있는 나와 동생 앞에 서서 말했다.

"… 신경외과 정지호입니다. 어, 일단은 가해 차량이 속력이 매우 컸기 때문에 그만큼 환자분들께 충격도 컸던 것 같습니다. 일단은 저희가 할 수 있는 최대로 수술을 하기는 했는데… 정말 죄송한 말씀이지만 이대로는 더 이상 살리기 힘들 것 같습니다……. 정말 죄송합니다."

의사는 차분하지만 슬프게 얘기했다. 말이 끝나자 고개를 숙이며 사과했다. 뒤이어 동생이 울먹이는 목소리로 말했다.

"그, 그럼… 돌아가신 거예요……?"
"보호자님 남편분은 상태가 그나마 괜찮은 편이셔서 지금 수술 계속 진행하고 있습니다. 하지만 남은 두 분은 좀… 힘들 것 같습니다. 정말 죄송합니다."

의사의 말 한마디가 끝날 때마다 심장이 너무 아파서 갈라질 것만 같았다. 머리가 터질 듯이 아팠다. 눈앞이 흐려지고 어지러웠다. 다리에 힘이 풀리고 뺨 위에서는 눈물이 하염없이 흐르고 있었다. 난생처음 경험해보는 일이다. 누군가의 죽음을 들으면 이렇게까지 사람이 비참해지는 것일까.
"… 지금 상황에서 이런 말씀드려 실례가 될 수도 있지만, 환자 두 분의 소중한 장기를 기증해 주신다면, 다른 환자분들께 새 삶을 살게끔 도와주실 수 있습니다. 정말 죄송한 말씀이지만, 부탁드리겠습니다. 정말 죄송합니다……."

의사는 마지막 말이 끝나자 허리를 숙이며 자리를 떠났다.

나는 영화나 드라마에서 보는 죽음은 실제와 전혀 같지 않다는 것을 느꼈다. 영화나 드라마에서는 대개 가상의 인물을 연기하는 배우가 죽는 연기를 한다. 하지만 현실은 가상의 인물도 아니고, 죽는 연기도 하지 않는다. 실제 인물이, 그것도 우리 부모님이 죽는다는 것은 영화나 드라마에서 배우가 연기하는 것보다 훨씬 고통스럽고 괴로운 것이었다. 의사의 어떤 말도 위로가 되지 않는다는 것을 깨달았다.

30분 뒤, 장기기증 코디네이터라는 사람이 찾아와 상담을 요청했다.

"사망자분들의 장기를 기증해 주시면, 장기기증을 원하시는 환자분들께 새로운 삶을 살아갈 수 있도록 도와주실 수 있습니다. 물론 충분히 고민하셔도 좋습니다. 저도 아버지의 장기를 기증해달라는 상담을 받아본 적 있기 때문에 지금 보호자님 심정이 어떤지 알 수 있습니다. 급한 일 아니니까 충분히 고민하셔도 좋습니다. 쉬운 선택이 절대 아니니까요."

나는 코디네이터의 말을 듣고 생전 부모님과 함께 추석에 의학 드라마를 보며 했던 대화가 떠올랐다.

"어휴, 그냥 기증하지, 왜 안 한다고 그러나 몰라."
"자식들 입장에서는 좀 껄끄러울 수 있지. 그러면 당신은 죽으면 장기기증 할 거야?"

"당연하지. 나야 죽으면 거기서 끝이지만 내 장기만 있으면 그 사람은 나보다 훨씬 오래 살 수도 있는데, 안 할 이유가 뭐가 있겠어?"

"듣고 보니 그러네. 야야, 유진아, 유성아. 너네는 우리 죽고 나면 장기기증 한다고 해라, 알겠지?"

"아서라, 네 아버지는 간암 선고받아서 간이 완전 쓰레긴데 그걸 어떻게 기증하겠냐."

"아니, 내 간이 왜 쓰레기야. 치료도 잘 받고 이렇게 멀쩡히 살아 있는데."

"참나, 치료만 잘 받으면 뭐 해, 당신 일요일에 술 마셨잖아."

"내, 내가 언제. 당신이 봤어?!"

"그럼. 봤으니까 말하지."

"몇 시, 몇 분, 몇 초, 언제, 어디서, 누구랑 내가 술을 마셨어, 말해봐!"

"아빠, 유치해. 그만 좀 해. 영화 좀 보자고."

"그래그래, 다 늙은 영감이 뭐 이리 유치하게 굴어. 방귀 뀐 놈이 성낸다더니. 어휴, 징그러워."

"뭐, 뭐? 징그러워? 참나. 어이가 없어서… 아빠 간 엄청 건강하다? 알지? 그러니까 맘 놓고 나 죽고 저 장기기증 코딘가 뭔가 하는 선생 만나면 내 장기 기증한다고 해야 한다?"

"아, 네네. 알았어요. 조용히 좀 해봐. 대사 안 들린다고."

우리는 부모님의 뜻에 따라 장기기증을 한다고 말했다. 하지만 어딘가 미안한 기분도 들었다. 그 드라마에서 뇌사자 어머니의 장기 기증을 결정해야 하는 아들 역의 그 배우가 이런 감정을 연기했다는 것을 알 수 있었다. 하지만 우리가 보았던 그 의학 드라마의 3분짜리 장면이 우리에게 현실이 되어버린 지금, 그 무엇보다도 허전하고 허무한 기분이었다.

캄캄한 밤이 되었다. 점심밥도, 저녁밥도 먹지 않았다. 도저히 먹을 수 없었다. 심지어 물조차 마시다가 내뱉어 버렸다. 목에 뭔가 꽉 막힌 것 같다. 정말 지옥이 있다면 이렇게 고통스러울까. 아니, 어쩌면 지옥보다 훨씬 더 고통스러울 것이다.

11월 12일, 나와 동생은 사랑하는 부모님의 장례식을 치르게 되었다. 친척들과 친구들까지 모두 찾아와 나와 동생을 위로해주었다. 하지만 한 귀로 듣고 흘릴 뿐이다. 지금 내 귀에는 그 어떤 좋은 말도 들리지 않는다.

추운 겨울이 다가오지만 아직은 늦가을 날씨인 오늘은 나와 동생에게만은 한겨울이었다. 비록 실내에 있었지만 차디찬 얼음 위에 있는 것 같았다. 그렇게 하염없이 앉아 있으면서 계속 눈물을 흘렸다. 울어도 부모님이 돌아오지 않는다는 것을 알면서도 울었다. 울면서 부모님의 영정사진만 보다 하루가 지났다. 영정사진처럼 옅은 미소를 띠고 따뜻한 눈빛을 가진 부모님을 한 번이라도 다시 볼 수 있다면 사랑한다는 말과 함께 따뜻한 품에 안기고 싶다. 그리고 말할 것이다. 적어도 당신들은 내 인생에서 가장 좋은 사람들이었다고. 가장 존경스럽고 가장 멋진 사람들이었다고 말이다.

장례식을 마치고 장례식장에서 동생과 하루 잠을 자고 가기로 했다. 의외로 잠은 금방 왔다. 우느라 힘을 다 빼서 그런지도 모르겠다. 그날은 꿈에 어머니와 아버지가 나오셨다. 나는 부모님 댁에 한 달에 한 번조차도 제대로 가지 못했는데, 어째서 부모님은 우는 나를 달래주려고 돌아가시는 날까지 나를 걱정하고 찾아주시는 걸까. 나는 그 누구보다도 못한 못난 딸인데 왜 부모님은 계속 내 마음 아프도록 울면서 나를 안아주실까.

다음 날, 나는 눈이 퉁퉁 부어서 일어났다. 동생에게 부모님이 꿈에 나오신 이야기를 했더니 동생도 꿈에서 부모님이 울면서 자기를 안아주셨다고 말했다. 돌아가셔도 언제나 부모님의 머릿속에는 우리 생각만 하셨다는 걸 생각하니 또 가슴이 저려왔다.

다음 날 아침이 밝아왔고, 또다시 장례식이 시작되었다. 오는 사람들에게는 추모의 시간이겠지만, 나와 동생에게는 엄청난 고통의 시간이었다. 이제는 부모님의 모습을 영정사진에서 보고 싶지 않았다. 이제는 우리를 위로하는 말들을 듣고 싶지 않았다. 우리는 아직도 부모님이 영영 돌아오지 못한다는 사실을 믿을 수 없는 것일지도 모르겠다. 그래서 이 장례식장이 더욱 감옥 같았다.

장례식장에 한참 슬픔이 드리울 때, 핸드폰에서 진동음이 울리더니 전화가 와 있었다. 남편이 입원해 있는 병원이다. 나는 곧바로 전화를 받았다. 뒤이어 간호사가 말했다.

　　"최승훈 환자분 보호자님 되시죠?"

　　"네, 그런데요?"

　　"방금 환자분 의식이 돌아오셨어요. 4층 중환자실로 오시면 됩니다."

　　"의, 의식이 돌아와요? 정말요? 네, 알겠습니다. 지금 갈게요. 정말 감사합니다!"

　　전화를 끊고 나는 동생에게 말했다.

　　"네 매형 의식이 돌아왔대!"

　　"진짜? 누나, 여기는 내가 있을게. 빨리 가봐!"

　　"알겠어. 고맙다!"

　　나는 정말 미친 듯이 뛰어서 택시를 잡고 병원으로 향했다. 택시에서 내리고 또다시 뛰어서 4층 중환자실에 도착했다. 출입 명부를 작성하고 곧장 병실로 들어갔다. 정말 놀랍게도 남편은 눈을 뜨고 옅은 미소를 띠며 나를 쳐다보았다.

　　"여보! 괜찮아?"

나는 결국 울음을 터트리고 말았다. 정말 기적적으로 눈을 뜬 것이다. 지옥같이 고통스러운 생활 속에서 기적이란 정말 하나의 희망과 같았다.

"많이 아파? 괜찮은 거 맞지?"

남편은 천천히 고개를 끄덕였다. 기쁨을 감출 수 없었다. 너무 행복했다. 그동안 힘들었던 일들 모두를 잊을 수 있을 만큼 행복했다.

"나는 당신이 지금 나를 보고 있는 게 이렇게 소중한지 몰랐어⋯⋯. 내가 그때 당신이 먼저 가라고 하지 않았으면 이런 일 없을 텐데⋯⋯. 내가 정말 미안해. 진짜 미안해. 그리고 당신 다 좋아질 거야. 이렇게 기적적으로 눈 떴는데 이제 뭐가 더 어렵겠어, 그렇지?"

남편은 한결같은 따스한 눈빛으로 나를 바라봐주고 있었다. 그 상황에서 나는 부모님의 사망 소식을 차마 말할 수 없었다. 힘을 내서 하루빨리 병원을 나가야 하는 사람이 장인과 장모의 사망 소식을 알게 된다면 얼마나 슬퍼하고 힘들어할지 상상을 하니 입 밖으로 나오려던 말을 꾹 참아야 했다. 나중에라도 알게 된다면 혹시나 나를 원망할지도 모른다. 하지만 지금은 그가 좋은 생각만 해야 할 때이다.

하지만 그는 지금 일어난 이 모든 상황을 마치 전부 다 알고 있다는 눈을 하더니, 내 손을 잡고 손바닥에 손가락으로 글자를 썼다.

- 아까 의사한테 들었어. 장인어른이랑 장모님 돌아가셨다고.

순간 거짓말이 들킨 것처럼 흠칫 놀랐다.

- 당신 괜찮아?
"응⋯⋯. 나는 괜찮아."
- 당신이 괜찮으면, 나도 괜찮아.
"⋯⋯. 거짓말. 당신 우리 엄마랑 아빠 엄청나게 좋아했잖아. 인생 선생님으로 모시고 싶다는 말까지 했으면서 뭐가 괜찮아. 거짓말하지 마. 나 때문에 엄마랑 아빠 돌아가⋯⋯."

남편이 유리구슬 같은 눈물을 뚝뚝 흘렸다. 내가 어떻게 위로의 말을 해주어야 할지 모르겠다. 위로를 해봤자 아무런 소용도 없다는 사실을 내가 가장 잘 알기 때문이다.

"미안, 면회 시간 다 끝나간다. 내일 또 올게. 몸 건강히 있어. 사랑해."

나는 눈물이 흐르는 그의 뺨에 살포시 입을 맞추고 중환자실을 나왔다. 정신을 차려보니 나의 뺨 위에도 얇은 눈물이 조금씩 흐르고 있었다. 무슨 의미인지 모를 얇은 눈물이 흐르고 있었다. 그에게 슬픈 마음을 만들어주지 않기 위해 애써 말하지 않았던 진실로 인해 나는 그에게 그보다 더 깊은 상처를 준 것일지도 모르겠다.

"매형은 어때? 눈 떴어? 말도 해?"

다시 장례식장으로 돌아왔다.

"눈도 깜빡이고 미소도 지을 수 있어. 입에 무슨 장치를 끼고 있어서 말은 못 해."
"누나 혹시 매형이랑 싸웠어?"
"뭔 소리야. 아픈 사람이랑 싸우는 사람이 어디 있냐."
"근데 왜 이렇게 표정이 안 좋아?"
"지금 상황에서 표정 좋은 게 더 이상하잖아."
"뭐, 하긴 그렇네. 나 내일 매형한테 가 봐도 되지?"
"그래라."

딱히 싸웠다기보다는 울다가 끝나서 표정이 안 좋은 것뿐이다. 그래도 내일 가면 다시 미안하다고 말해야겠다. 안 그래도 이런저런 일로 몸도 마음도 힘든 남편에게 도리어 짜증이나 내고 왔으니.

오늘도 장례식이 끝났다. 내일이 되면 이제 부모님을 산소에 모셔야 한다. 생전에는 투덕투덕 말꼬리 잡고 싸우시던 엄마와 아빠지만 죽을 때는 서로의 옆에 묻어 달라고 했었다. 같이 등산 겸 산책 겸으로 어디가 누워 있을 때 예쁠까 하고 이곳저곳을 돌아다니셨다. 나는 30년도 더 사실 텐데 왜 벌써 묫자리를 찾으러 다니냐고 잔소리를 했었지만 이렇게 일찍 돌아가시게 될 줄은 아무도 몰랐을 것이다. 그래도 부모님이 묫자리로 아주 마음에 들어 하신 곳이 있다. 바로 부모님이 처음 만났던 원화고등학교라는 학교의 뒷산이다. 이미 부모님께서 교장 선생님께 허가까지 받았다고 한다. 이런 건 또 마음이 잘 맞으셨다. 부모님은 의외로 로맨틱한 부분이 있었던 것 같다. 티격태격해도 항상 보면 서로를 사랑하는 모습이 보인다. 부모님이 좋은 곳에 가셔서 이제 아무런 걱정 없이 행복하셨으면 좋겠다. 인생의 절반을 나와 동생을 위해 쓰셨으니.

오늘 꿈에도 어김없이 부모님이 나오셔서 나를 꼭 안아주시며 이렇게 말씀하셨다.

"우리 딸. 우리 예쁜 딸 덕분에 엄마 너무 행복했어. 고마웠어, 우리 딸. 사랑해."
"아빠랑 엄마 소원 들어줘서 고맙다. 그 학교 뒷산에서 아빠는 이제 편하게 잠들게. 사랑한다, 딸."
"우리 딸은 아무 잘못 없어. 그러니까 이제 눈물 뚝 그쳐. 예쁜 얼굴 다 상할라."
"우리 딸, 엄마, 아빠 없어도 잘 지낼 수 있지? 암, 누구 딸인데!"

나는 꿈속에서 부모님의 품에 안겨 펑펑 울기만 했다. 몇 시간이 지났을까. 동생이 깨우는 소리에 일어나서 거울을 보았다. 어제와 같은 얼굴이었다.

눈 주변이 퉁퉁 붓고 빨개진 뺨 위로 눈물이 흐른 채 잠에서 깬 나는 아침밥을 대충 먹고 남편의 병원으로 찾아갔다. 남편은 아직 잠을 자고 있었다. 나는 그의 뺨 위에 입을 맞추고 말했다.

"오늘 엄마랑 아빠 진짜 보내줘야 하는 날이야. 나중에 당신 깨어나면 꼭 같이 가서 인사드리자, 알았지?"

나는 병원을 떠나 장례식장으로 가서 동생이랑 장의사들과 같이 화장장으로 향했다. 화장하는 것도 부모님께서 우리에게 요구하셨다. 화장장에 도착해서 화장로에 들어가는 관을 보니 소리 없는 울음이 터져 나왔다. 모니터로 그 모습을 보여주는데 사람은 보이지 않지만 너무나 잔인해 보였다. 내 눈에 보이는 이런 상황들이 지금까지 머릿속에서는 믿을 수 없는 광경들이었기 때문이다.

유골함을 들고 다시 장의차에 올라탔다. 아무 말도 행동도 몸짓도 없이 조용히 그림처럼 앉아만 있었다.

장의차는 이제 50년 전, 아버지와 어머니의 첫 만남이 있었던 원화 고등학교로 향한다. 창밖엔 운동장에서 뛰어노는 아이들, 줄을 맞춰서 자전거를 타시는 아저씨들, 산책하시는 노부부가 보였다. 이렇게 조용하고 평화로운 모습을 정말 오랜만에 보는 듯했다. 처음 보는 것도 아닌데 왜 이렇게 낯설고 어색하게 보이는지 모르겠다. 하긴 3일 내내 장례식장 아니면 병원이나 집에 잠깐 있던 내가 사람들이 어떤 모습인지 무엇을 하는지 등을 어떻게 알 수 있을까. 10년 동안 어딘가에 갇혀 있다가 나온 사람처럼 모든 게 어색하게 보였다.

1시간이 조금 더 지나서, 드디어 원화고등학교에 도착했다. 일부러 처음 장례식을 목요일로 정해서 학생들이 없는 토요일에 부모님을 매장하도록 날짜를 맞추었다.

차에서 내리자마자 학교의 교장 선생님께서 우리를 맞이해주셨다. 뒷산은 일주일에 3번 등산하는 길이라 잘 안다면서 가장 안전한 길로 안내하겠다고 말씀하셨다.

그렇게 교장 선생님을 따라 관을 들고 산을 올랐다. 30분이 조금 지났을 무렵 우리는 평평하고 말끔하게 정리된 땅을 볼 수 있었다. 생전에 부모님이 이곳에 있던 풀을 베고 땅을 평평하게 정리하셨다고 한다. 장의사가 땅을 파고 유골함을 묻었다.

이 상황을 어떤 말로 표현해야 할지 모르겠다. 이제 힘든 일 모두 잊고 편안히 잠드시라고 해야 할지 왜 이렇게 일찍 우리 곁을 떠나야 하냐고 통곡을 해야 할지 도저히 모르겠다. 하지만 별다른 말 없이 이번에도 소리 없는 울음을 터트리고 말았다. 유골함 위로 흙이 조금씩 쌓여가고, 서서히 유골함의 뚜껑이 보이지 않을 때, 죽기 전에 행복했던 기억, 슬펐던 기억이 주마등처럼 지나간다는 말처럼 어렸을 때부터 우리가 함께 나누었던 행복한 감정들, 슬픈 감정들이 모두 머릿속을 스쳐 지나갔다. 그때는 내 시선에 아무도 보이지 않았고 그저 흙으로 덮여 보이지 않는 유골함의 위치를 떠올리며 통곡했을 뿐이다. 오늘이 내가 갓 태어났을 때보다 20배, 200배는 더 많이 울었을 것이다.

흙으로 보이지 않는 유골함 위로 정석호와 안혜숙이라는 이름이
적힌 반듯한 모양의 비석이 세워졌다. 이제 정말 다시는 볼 수 없겠구
나 생각하니 너무나 보고 싶었다. 이제는 더 자주 찾아뵈어야 한다는
걸 알았는데. 이제는 사랑한다는 말도 망설이지 않고 할 수 있는데.

차를 타고 부모님이 사시던 집으로 향했다. 가는 길 내내 평소에
는 떠오르지 않던 부모님의 얼굴이 계속해서 떠올랐다.

부모님의 집에 도착해서 어릴 때 맡았던 포근한 집 냄새를 오랜
만에 맡았더니 더 보고 싶었다. 간신히 울음을 참아내고 부모님의 유
품을 정리하기 시작했다. 부모님이 같이 나온 원화고등학교의 졸업
앨범부터 나와 동생이 태어날 때 찍은 사진, 초등학교 학예회 때 찍
었던 사진, 바닷가로 여행을 가서 찍은 단체 사진, 처음 비행기를 탔
을 때 신기하다는 표정을 짓고 있는 나와 동생의 모습 등이 부모님
의 방 서랍 속에 들어 있었다. 적어도 200장은 되어 보이는 우리의
추억들을 부모님은 항상 간직하고 계셨다. 어린 나와 동생의 모습을
보니 피식하며 웃기도 했지만, 부모님 나온 사진을 보니 보고 싶은
마음이 되살아났다. 더 잘해드릴걸. 나의 결혼사진도 보였다. 남편은
멋진 정장을 입고 있고 나는 희고 예쁜 드레스를 입고 있었다. 결혼
식을 하는 날에는 잠에서 깼을 때부터 잠이 들 때까지 모든 순간이
행복했었다. 오랜만에 신혼 때를 생각하니 남편 생각이 났다. 그리고
한 가지 다짐을 했다. 부모님께 못한 만큼 그에게 더욱더 잘해주고

싶다. 그 다짐을 실천하려면 그가 꼭 깨어나야 할 텐데.

부모님의 유품을 어느 정도 정리했을 무렵이었다. 핸드폰에서 전화가 울렸다.

"네, 여보세요."

"우산병원 중환자실입니다. 최승훈 환자 가족분 전화 맞나요?"

"네, 맞는데 무슨 일이신가요?"

"최승훈 환자 11월 14일 20시 17분 03에 사망하셨습니다."

"네? 잠깐만, 뭐라고요?"

"최승훈 환자 사망하셨습니다. 지금 빨리 병원으로 오셔야 해요."

전화가 끊기자 동시에 다리에 힘이 풀렸다. 털썩 앉는 소리를 듣고 안방에 있던 동생이 달려와 왜 그러냐고 물었다.

"승훈이가…. 네 매형이……."

"매형이 왜! 무슨 일인데 누나!"

"말도 안 돼……. 아침까지 멀쩡했다고."

"설마 매형……. 누나 뭐해! 빨리 택시 불러서 병원 가야지. 일어나, 빨리!"

동생의 말에 겨우 일어나서 택시를 타고 병원으로 향했다. 동생은 차 안에서 나에게 계속 남편의 상태를 물어봤지만 나는 지금 일어나는 상황이 모두 거짓말 같아서 아무런 대답도 할 수 없었다. 그렇게 병원에 도착해서 중환자실 문을 열자 남편은 흰 천으로 덮여 있었고 이 상황이 도저히 믿을 수 없을 때 의사가 말했다.

"최승훈 환자 정말 잘 버티셨지만… 저희도 정말 유감입니다. 죄송합니다."

"… 최선을 다하셨어요?"

"네, 저희도 정말 최선을 다해서 환자 살리려고 노력했지만……."

"최선을 다하셨어요? 정말요? 근데 왜 죽어요? 네? 말씀 좀 해 보세요!"

"누나, 그만해!"

"뭘 그만해! 어째서 우리 남편이 죽어야 하냐고요! 말이 된다고 생각해요? 분명히 오늘 아침까지 숨도 잘 쉬는 거 확인했는데!"

"정말 죄송합니다."

의사는 고개를 숙이고 자리를 떠났다.

"누나 진짜 왜 그래! 제발 이제 그냥 받아들이자……."

"넌 이게 남 일 같니? 이 상황이 네 눈에는 받아들이기 쉬워 보여?"

"그런 뜻이 아니고 누나……. 엄마랑 아빠도 돌아가셨는데 이제 이런 상황 다 거짓 아니라는 거 알잖아, 응? 그러니까 이제 받아들이자고."

"싫어. 안 돼. 못 해. 그렇게는 못 해. 내가 재한테 해줘야 할 것들이 얼마나 많은데 이렇게 일찍……."

그리고는 주저앉아서 또 펑펑 울었다. 동생도 내 등을 토닥여주다가 슬쩍 눈물을 흘렸다. 이 모든 것들이 끔찍하고 지옥 같은 악몽이었으면 좋겠다. 악몽은 고통스럽지만, 현실이 아니라 그저 꿈에 불과하기 때문이다.

"어떻게 이 엄마랑 아버지를 두고 먼저 가……. 아이고, 우리 아들 어떡하면 좋을까……."
"아이고 이놈아… 이런 불효를 저질러놓고 어디로 갔냐……."

11월 15일. 나는 부모님의 장례를 치르고 이틀이 지나 나는 사랑하는 남자를 떠나보내야 했다. 시어머님과 시아버지는 아들을 먼저 보낸 슬픔에 얼굴을 눈물로 덮을 만큼 우셨다. 나도 손바닥에 얼굴을 파묻고 울었다. 부모님의 장례식을 할 때, 평생 쏟을 눈물을 다 쏟아냈다고 생각했지만, 눈물은 그때만큼 잔뜩 흘렀다.

"아가, 괜찮니? 겨우 이틀 전만 해도 사돈 장례식 치러서 많이 힘들 텐데……."
"죄송합니다, 어머니……. 다 저 때문이에요."
"… 자기 탓인 건 또 잘 알고 있네."
"당신은 며느리를 감싸 안아줘야지 그게 무슨 소리예요!"
"참나, 우리 아들을 죽게 만든 사람이나 마찬가지인데, 며느리 같은 소리를 하고 있어!"
"며느리가 죽였어요? 우리 며느리가 죽였냐고! 시아버지나 돼서는……. 아가, 네 탓 절대 아니니까 죄송하다고 할 필요 없다, 알겠지?"

시어머니는 내가 그래도 며느리니까, 며느리였으니까 어떻게든 봐주려고 했었을 것이다. 만약 내가 가족이 아니었다면 시아버님처럼 절대 나를 가만히 두지 않았을 것이다. 사실 나도 시아버님 생각과 똑같다. 내가 그때 남편에게 먼저 가라고 하지만 않았어도 아들의 영정사진을 볼 일은 평생 일어나지 않았을 것이기 때문이다.

3일 후, 남편까지 화장하고 매장을 했다. 이제 내가 가장 의지할 수 있는 사람은 27살의 대학생인 남동생뿐이다. 동생이 나에게 도움이 되지 않는 건 아니지만, 내가 동생에게 더 힘이 되어야 하는 누나이기 때문에 없던 부담감이 생겼다.

가끔은 나에게 이런 아픔과 부담을 주고 홀연히 떠난 사람들이 너무하다고 느껴질 때도 있었다. 인간의 삶은 무한하지 않기에 사랑하는 사람은 그 누구보다도, 무엇보다도 더 소중히 대하고 아껴주고, 사랑해야 한다는 사실을 나는 너무 늦게 알았다. 이미 모두가 나를 떠나고 없는데.

- 서로아 -

인간의 삶은 유한하다. 즉, 삶에는 끝이 존재한다. 모든 생물이 이러한 삶의 끝을 가지고 있다. 식물이 죽으면 그 곁에 있는 식물은 눈물을 흘리지 않지만, 동물이 죽으면 그 동물의 친구 또는 가족은 눈물을 흘리고 떠나간 동물을 그리워한다. 이러한 모습은 사람에게서 가장 잘 나타나 보인다. 아무리 냉정한 사람이어도 사랑하는 가족, 연인, 애완동물이 그 사람의 곁을 떠나면 눈물을 흘리지 않을 수 없다. 사랑하는 사람을 다시는 보지 못한다는 것은, 그 무엇보다도 지옥과도 같고 고통스럽기 때문이다. 차라리 죽음이라는 것이 끔찍한 악몽이었으면 좋을 것 같다. 사랑하는 사람을 떠나보내야 하는 그날, 사람은 모든 희망을 잃어버린 이런저런 생각을 할 틈도 없이 많은 눈물을 쏟아낸다. 이 모든 것들이 꿈이라면, 금방 잊을 수 있을 텐데 말이다. 하지만 애석하게도 사랑하는 사람을 떠나보내는 것이 꿈이 아니라면, 이루어 말할 수 없는 슬픔이 몰려온다. 모든 힘이 빠지고, 앞으로 살아갈 힘을 잃어버리게 되며, 사랑하는 사람에게 조금만 더 잘 대해줄 걸 후회를 하곤 한다. 인간의 삶이 무한하다면 죽을 걱정도, 세상에 남겨진 사람이 나 때문에 힘들어하는 모습을 보지 않아도 될 텐데. 그래도 인간의 삶이 유한한 이유는 사랑하는 사람이 있다면 그 누구보다도 더 소중히, 더 따스하게 대해 주어야 함을 알 수 있게 해주기 때문이라고 생각한다. 사랑하는 사람이 떠나고 후회하지 않도록 말이다. 우리 부모님도 나의 죽음에 얼마나 슬퍼하실지 모르겠지만, 더 잘해줄 걸 후회하시지는 않았으면 좋겠다. 나의 어머니와 아버지는 나를 정말 소중하게, 대해 주셨기 때문에, 후회할 필요는 없다.

11월 30일, 내일이면 12월이다. 여느 때와 같이 특별한 날은 아니었지만, 그날은 상담소 창문을 통해 들어온 아침 햇살이 토파즈를 더욱 노란빛으로 빛나게 하는 유난히 햇살 좋은 날이었다. 침대에서 일어나 루비 목걸이를 목에 거니 오늘은 왠지 좋은 손님이 올 것 같다는 예감이 들었다. 아침밥으로 간단히 빵과 우유를 먹으며 오늘도 어김없이 상담소 문 밖에 걸린 노랗고 주황빛이 도는 토파즈를 한동안 쳐다보았다. 10분쯤 뒤에, 한 여자가 가게 앞을 지나가다가 잠시 멈추더니 토파즈를 쳐다보고 있었다. 혹시 훔쳐 가는 건 아닐까 하며 그 여자와 토파즈를 번갈아 노려보았다. 그런데 그녀는 나와 눈이 마주치더니 황급히 위를 쳐다보았다. 상담소 간판을 본 것이었는지 그녀는 문을 열고 들어왔다. 그때, 내 목에 걸려있던 루비 목걸이가 반짝이더니 그녀가 사랑하는 세 명의 사람을 하늘로 떠나보냈다는 힌트를 주었다. 그 말을 듣고 슬그머니 그녀를 쳐다보았다. 머리부터 발끝까지의 모습은 부스스해 보였다. 마치 며칠 목욕을 하지 않은 사람처럼 보였다. 모자를 푹 눌러쓰고 체육복 차림에 이마에 살짝 땀이 맺혀 있는 것을 보니 아침부터 산책 같은 것을 한 듯했다. 이렇게 이른 아침부터 산책할 만큼 활동적인 사람 같은데 불과 일주일 전에 사랑하는 사람을 떠나보낸 사람이라니. 조금 믿기 어려웠다.

“… 정유진이라고 합니다.”
“아, 저는 서로아입니다.”

갑자기 본인 이름을 말하기에 얼떨결에 내 이름도 말해 주었다.

"와, 이름 되게 예쁘시네요."

아까 무턱대고 이름을 말한 것이 쑥스러운지 머쓱한 듯 말 뒤에 '하하' 하는 웃음소리를 내었다.

"아, 감사합니다. 그런데 어떤 일로 찾아오셨나요?"
"아, 맞다. 음, 그러니까 오늘이 30일이니까… 벌써 그 일이 있고 난 후로 3주나 지났네요. 3주 전 그날은 회사 휴가가 시작되는 날이라 저희 남편이랑 저랑 저희 부모님 모시고 바다로 여행을 가기로 했거든요. 근데 회사 동료가 저희가 준비하고 있던 프로젝트에 문제가 생겼다면서 지금 회사로 나와야 할 것 같다고 문자를 보냈어요. 자세히 얘기를 들어보니까 좀 급한 문제인 것 같아서 남편한테는 엄마랑 아빠 모시고 먼저 출발하라고 했어요."
"좋은 선택이네요. 지루하게 기다릴 바엔 먼저 가서 바닷가를 걷고 있는 것도 나쁘지 않네요."
"저도 그렇게 생각해서 남편에게 부모님과 먼저 가라고 말했었죠. 하지만 남편에게 부모님 모시고 먼저 출발하라고 했던 그 말이 이렇게 돌아오게 될 줄은 정말 몰랐는데……."

이때 정말 아차 싶었다.

"생각보다 그 프로젝트의 문제가 빨리 끝나서 어디쯤 갔나 하고 남편에게 전화를 걸려던 순간에 낯선 전화번호로 전화가 와서 받았더니 병원이라면서 부모님이랑 남편이 교통사고를 당했대요. 출발한 지 겨우 2시간 지났는데."

그녀는 애써 미소를 지었지만, 눈동자에는 슬픈 기운이 한가득했다.

"연락받고 병원에 도착했는데 조사관이 그러더라고요. 뺑소니였다고. 상담사님 같으면 믿으시겠어요? 사람 목숨이 위태로운 와중에 사고를 내고 그냥 도망간다는 게? 그 말을 듣고 진짜 생각할 겨를도 없이 눈물부터 나오더라고요. 다행인 건 주변에 차량이 많이 있었기 때문에 신고는 빨리 됐는데……."

"……. 부모님이랑 남편분이……."

"……. 남편은 가까스로 목숨을 건져서 지금 중환자실에 있는데… 부모님은……."

그녀는 눈물을 흘렸다. 점점 울음소리가 커지더니 이내 고개를 숙이고 말았다. 나는 휴지를 건네주며 말했다.

"여기, 닦으세요."

"후… 감사합니다. 참, 주책이네요……."

"그렇지 않아요. 사랑하는 사람을 볼 수 없는데 눈물을 흘리지 않는 사람은 없어요."

"감사합니다……."

"계속 상담 진행할까요, 아니면 조금 쉬었다 할까요?"

"아, 이어서 할게요."

"그럼 혹시 유진 님 가까이에 가족이 있나요?"

"아, 남동생이 한 명 있어요. 저녁 얻어먹으려고 자주 와요. 제 생각인데, 아마 제가 집에 혼자 있어서 외롭지 않을까 해서 자주 놀러 오는 것 같다는 생각이 들어요. 의외로 착한 구석이 있거든요. 그리고 걔는 외로울 틈이 없어요. 자기 여자친구랑 잘만 놀더라고요."

"하하."

"그런 거 보면 참 좋을 때다 싶어요. 저도 남편이랑 연애했을 때 동생처럼 매일매일 웃음으로 가득 찬 하루를 보냈었는데……."

"사랑하는 사람과 시간을 보내는 건 정말 행복한 일이죠."

사실 나는 연인이 없었기 때문에 연인과 시간을 보낼 때 어떤 기분인지 잘 모르지만… 꼭 연인이 아니더라도 사랑하는 사람과 같이 있을 때 진짜 행복을 느낄 수 있다는 것은 우리 부모님을 통해 알았다.

"이제 행복을 어디서 찾아야 할까요. 아직도 너무 보고 싶고 그리워요. 딱 한 번이라도 살아있는 모습으로 보고 싶어요. 언제쯤 훌훌 털고 살아갈 수 있을까요? 이런 일이 일어나기 전에는 제가 이런 상황들이 닥쳐도 금방 이겨내고 다시 활기차게 살아갈 수 있으리라고 생각했는데……. 너무 힘드네요."

"잊으려고 계속 신경 쓰지 마세요. 사랑하는 사람을 떠나보내는 건 절대 쉬운 일이 아니에요. 잊으려고 노력할수록 더 힘들어져요."

"사랑하는 사람의 빈자리가 이렇게 큰 줄 알았다면 더 잘해 줄 걸 그랬어요. 사랑한다고 말도 많이 못 해줬는데…….

"저도…….

아차.

"저, 저도 그런 생각 많이 해요."

나도 마녀사냥을 당할 줄 알았다면 가족에게 사랑한다는 말 한마디 더 해주었을 텐데. 라는 말을 겨우 참아냈다.

"저기, 로아 님. 제가 지금 직장을 다니고 있는데, 계속… 다니는 게 맞는 거겠죠……?"

"유진 님이 힘든 일이라면 저는 그만두는 걸 추천하고 싶어요."

"힘든 일이라기보단 그냥… 저는 이제 아무것도 못하는 사람이 된 것만 같아서요. 가족도 제대로 못 챙긴 제가 어떻게 회사에서 제 일과 동시에 남을 챙길 수 있겠어요."

"혹시 그 일 좋아하세요?"

"네? 아, 솔직히 제가 좋아서 들어간 회사는 맞아요."

"쉽게 들어가셨어요?"

"아뇨. 절대요. 진짜 그 회사 들어가려고 몇 년을 공부하고 버텼는지 몰라요. 진짜 생지옥이었어요. 다신 돌아가고 싶지 않은 시절이에요, 취준생 때는…….

"그렇게 힘들게 들어갔는데 놓아버리면 후회하지 않을 자신 있어요? 만일 후회 안 할 것 같다면 그만 다니는 게 정답이에요."

"아……."

그녀는 입을 살짝 벌린 채 놀란 표정을 지으며 잠시 아무 말도 하지 않았다. 내 생각이지만, 그 잠깐의 시간 동안 자신이 꿈을 이루기 위해 얼마나 많을 노력을 했는지 떠올렸을 것이다.

"……. 후회하고 있어요."

정적을 깬 그녀의 한 마디였다. 고개를 들고 눈을 힘차게 뜨고 말했다.

"지금 이 순간들도 너무 아까워요. 부모님이, 남편이 응원해준 인생의 목표였는데 그걸 이렇게 허무맹랑하게 포기할 수는 없어요. 지금 이 시간이라면 회사에서 열심히 일을 하고 있을 시간인데 이렇게 망연자실할 수는 없어요. 지금이라도 회사로 출근할까요?"

그녀의 태도는 180도 달라졌다. 깜짝 놀라 잠시 멍하게 쳐다보다가 말했다.

"지, 진정하세요, 유진 님! 일단 오늘까지만이라도 좀 쉬어요. 재충전을 하고 더 열심히 일해야죠."

"재충전이라……. 그렇네요, 우느라 힘을 다 써버렸었네요. 하하!"

그녀의 밝은 표정은 나까지도 미소짓게 했다.

"희망이 없던 저에게 희망을 심어준 부모님과 남편을 봐서라도 저는 절대 포기 안 할 거예요. 취준생 때 제 좌우명이 이거였거든요. '후회해서 울지 말고 성공해서 울자!'"

그녀는 주먹을 꽉 쥐며 단호하고 크게 외쳤다.

"아하하, 지금 유진 님께 필요한 좌우명이네요!"
"취준생 때 마음으로 부모님과 남편 몫까지 열심히 살아볼게요! … 그나저나 동생이 지금 저 보면 엄청 놀라겠네요. 희망이라고는 눈곱만큼도 찾아볼 수 없었던 누나였는데 갑자기 불타오르는 사람이 돼서. 하하."

"아마 동생도 좋아할 거예요. 누나가 힘을 내서."
"어머, 그러고 보니 아침에 동생이 밥 먹으러 온다고 했는데… 으아! 벌써 시간이 1시간이나 지났네요! 그럼 이만 가볼게요! 대충 아침만 먹이고 집에서 내쫓아야겠어요. 저도 이제 하고 싶은 일이 많은 바쁜 사람이 돼서요."
"하하. 그럼 아침밥 맛있게 드시고 유진 씨, 힘내세요! 응원할게요."
나는 주먹을 꽉 쥔 손을 머리 위로 들며 말했다.

"감사해요, 로아 씨. 오늘 상담 정말 재밌고 좋았어요. 친구한테 고민 다 털어놓은 기분이랄까요, 하하. 그럼 로아 씨도 아침 맛있게 드세요!"

오늘 상담도 무사히 잘 끝난 것 같아서 기분이 좋던 참에 그녀는 상담소 문 앞에서 돌아서서 나에게 말했다.

"……. 나중에… 또 와도 되죠? 꼭 상담이 아니더라도요."

나는 웃으며 대답했다.
"물론이죠! 저도 열정 넘치는 유진 님 모습 또 보고 싶은 걸요."

그녀도 웃으며 말했다.
"그럼, 나중에 또 봐요!"

언제가 될지는 모르겠지만, 꼭 다시 한번 그녀를 이곳에서 마주하고 싶다는 생각이 들었다. 그녀의 말처럼 꼭 상담이 아니더라도. 희망을 찾고 다시 불타오르기 시작한 사람의 열정 가득한 모습은 주변 사람들까지 불타오르게 만든다.

대개 '희망'이라는 단어를 생각하면 '빛' 같은 밝은 것들이 생각난다. 내 생각에, 그 이유는 희망이 다른 사람도 환하게 비추어 주는 빛과 같은 이타적인 성질이 있기 때문인 것 같다.

성공과 우정 사이

– turquoise

- 덜컹덜컹

　사람이 꽉 찬 지하철 안. 나는 지금 병을 앓고 있다. 직장인 또는 학생이라면 대부분이 앓는다는 그 병. 월요병이다. 주말이 끝나고 월요일이 찾아오면 출근 또는 등교하기 싫어져서 월요병이라고 한다. 월요일인 오늘 이 지하철에서 모든 사람의 표정이 다 똑같아 보인다. 가고 싶지는 않지만 가지 않으면 당장이라도 생계가 위협받을 테니까 어떻게든 살기 위해 떠나는 표정. 내 표정과 같았다.

　사내 디자인 공모전에 나와 내가 존경하는 분이신 정 팀장님과 한 팀으로 나가기로 했는데 이상하게 3주가량 거의 연락이 없으셨다. 내가 연락을 보내도 한참 뒤에 읽으시거나 읽으셔도 답장이 없으셨다. 팀장님은 한 번도 이런 적이 없으셨는데.

결국 오늘도 회사에 도착했다. 사람이 빽빽한 엘리베이터를 타고 회사가 있는 층에 도착했다. 이미 네다섯 명의 사람이 자리에 앉아 있거나 서로 이야기를 나누고 있었다.

그리고⋯ 정 팀장님도 계셨다. 여느 때처럼 보온병에 탄 커피를 드시고 계셨다. 순간 팀장님께 화를 낼 뻔했다. 어째서 연락도 안 받으시고 문자에 답장도 안 하셨는지. 내가 쉬지도 못하고 팀장님 몫까지 다 봐주려고 하다가 쓰러질 뻔했다는 건 알고 있는지 말이다. 하지만 그런 생각은 순식간에 사라졌다. 팀장님의 얼굴을 보았기 때문이다. 살이 빠지신 건지 얼굴이 조금 야위어 보였다. 팀장님도 어떤 사정이 있었던 것이 아닐까 하는 생각에 나는 팀장님께 말을 걸었다.

"정 팀장님! 휴가는 잘 보내셨어요? 진짜 오랜만이네요!"

"어, 혜진 씨! 오랜만이네. 나야 잘 지냈지! 혜진 씨는 어떻게 지냈어?"

팀장님의 표정은 내 생각보다 더 밝아 보였다. 내 착각이었나⋯ 싶을 때쯤 팀장님이 말을 이었다.

"혜진 씨 진짜 힘들었겠다. 나 없는 동안 내 몫까지 하느라. 미안해. 내가 사정이 좀 있어서 연락도 잘 안 되고⋯ 많이 답답했지. 내가 언제 밥 한 번 살게. 언제든지 연락 해."

소름이 쫙 돋는 것 같았다. 어떻게 내 생각을 토시 하나 빠짐 없이 알아채신 걸까.

"아, 아니에요. 일은 별로… 별로 없었어요, 하하. 그나저나 팀장님 어디 멀리 여행 갔다 오셨나 봐요? 이렇게 오랫동안 회사 안 나오신 건 처음 봤어요."

팀장님은 쓸쓸한 미소를 지으며 말씀하셨다.

"……. 힘든 여행이었지……."

무슨 일이 있으셨나 물어보려다가 다른 사원이 팀장님께 인사를 하는 바람에 물어볼 타이밍을 놓쳤다. 이따 점심시간이 되면 슬쩍 여쭤보아야겠다.

출근한 지 어느새 3시간이 흘렀다. 점심을 먹을 시간이 되자 모두가 밖으로 나갔다. 아까 정 팀장님께 물어보지 못한 것을 밖에 나가서 슬쩍 물어보려고 했지만, 팀장님은 자리에서 일어나시지 않았다.

"팀장님, 점심 드시러 안 가세요?"
"아, 나는 도시락 싸 와서. 얼른 나가봐요. 슬슬 사람들이 몰릴 시간 다 돼가요."

나는 다른 직원들이 다 나가기 전까지 기다렸다가 팀장님께 말을 걸었다.

"저… 팀장님. 저 여쭤볼 게 있는데요."

"뭔데요?"

"이런 말 실례일 수도 있는데, 혹시 안 나오신 동안에 집안에 누구 돌아가셨어요?"

"……."

팀장님은 눈을 조금 크게 뜨고 나를 빤히 쳐다보셨지만 아무 말씀이 없으셨다.

"아, 아무 일도 없으셨구나. 제가 괜히 쓸데없는 말을 했네요. 하하… 죄송합니다! 식사 맛있게 하세요!"

머쓱한 마음에 얼른 자리에서 일어났다. 뒤를 돌아서 나가려던 순간 팀장님이 어떤 말씀을 하셨다.

"다 보이는구나……."

"네?"

"아, 점심 맛있게 드시라고요."

팀장님은 다시 웃으면서 말했다. 나도 웃으면서 그러겠다고 말하고 자리를 떠났다. 팀장님이 무슨 말씀을 하셨는데, 잘 듣지 못하였다.

그렇게 의문만 남긴 채 엘리베이터를 탔다. 팀장님이 하셨던 말씀이 뭐였는지 도저히 생각이 나지 않아서 그냥 잊기로 했다. 그때 엘리베이터가 멈추더니 누군가 엘리베이터에 탔다. 익숙한 얼굴이다. 내가 아는 사람과 닮아 보이기도 하고……. 어디선가 맡아본 향수 냄새도 났다.

엘리베이터에서 내려 여느 때처럼 점심을 먹을 식당을 찾았다. 대부분의 식당에는 이미 사람이 너무 많아서 그나마 사람이 적어 보이는 곳으로 들어갔다. 7,000원짜리 저렴한 백반집이었다. 주문하고 아무 생각 없이 핸드폰을 들여다보다가 잠시 뒤 음식이 나오기에 잠시 고개를 들었다. 그런데 내 눈에 한 여자가 보였다. 아까 엘리베이터에서 본 얼굴은 기억나지만 이름을 몰랐던 그 사람이었다. 그 여자와 눈이 마주쳤지만 내가 아는 사람인지 확신이 서지 않아서 그냥 눈을 피했다. 그런데 그 여자는 내가 앉은 자리로 오더니 맞은편에 앉았다. 그리고 말했다.

"이야, 오랜만이다, 지니! 나 기억나? 방방이. 방이진이라고! 진짜 기억 안 나?"

이제 기억났다. 익숙한 말투와 익숙한 향수 냄새……. 대학교 다닐 때 같은 과에 있던 동기였다. 방이진이라는 이름 때문에 방방이라는 별명이 붙었었다. 방이진이 말하는 '지니'란, 내 이름이 '진'으로 끝나기 때문에 붙은 별명이다.

"아까 엘리베이터에서 너 봤는데 너인지 아닌지 확신이 안 서더라고. 이제 보니까 서혜진 너 맞네!"

"아… 응. 기억났어. 방방이……."

나는 처음 보거나, 오랜만에 만난 사람과 엄청 친하지 않다면 굳이 말을 나누는 편이 아니라 방이진과 마주쳤을 때 조금 떨떠름했다.

"너는 진짜 그대로다. 성형 같은 거 안 했지? 그때 얼굴이랑 바뀐 게 하나도 없어! 헐, 벌써 12시 45분이네. 더 얘기 나누고 싶은데, 우리 회사 점심시간이 다 끝나가서. 자, 여기, 명함이야. 그냥 나중에 술 한 잔 마시면서 대학 때 얘기 좀 하자고. 그럼 안녕! 밥 맛있게 먹어!"

"어……. 응, 그래. 잘 가."

사실 다시 만나고 싶은 마음은 들지 않았다. 이제는 별로 친하지도 않은 상대이고, 내가 기억하는 방이진의 성격은 그렇게 좋지 않았기 때문이다.

밥을 먹으면서 그 애가 주고 간 명함을 살펴보았다. 전화번호, 메일 주소, 팩스 번호가 적혀 있고 방이진이라는 이름 옆에는 이사라고 적혀 있었다.

잠깐, 이사? 나랑 나이도 같은 애가 어떻게 이사직을 하는 거지? 나이나 경험상 불가능한 일이다. 혹시 가족이 하는 회사인가 싶어서 명함을 반대편을 보았다. 고급스러운 글씨로 'PERFECT-DESIGN'이라고 적혀 있었다.

퍼펙트 디자인이라면 우리 회사 아래층에 있던 디자인 회사 이름 같은데……. 설마 하는 마음에 허겁지겁 밥을 먹고 회사 건물 앞에 있는 층별 안내도를 보았다. 3층은 우리 회사고, 그 아래층은… 퍼펙트 디자인! 방이진이 준 명함 뒤에 있던 회사 이름과 똑같다.

퍼펙트 디자인이라는 회사는 내가 대학생일 때 가고 싶던 회사였다. 하지만 면접 탈락 후, 우리 회사 면접에 합격했다. 취직하고 회사 다니던 몇 년 동안 퍼펙트 디자인에는 더 이상의 미련을 가지지 않기 위해 전혀 신경도 쓰지 않고 있었는데 설마 그 회사의 이사가 방이진일 줄이야…….

사실 퍼펙트 디자인 면접 이전에 수도 없이 많은 면접에 탈락하고 나서, 내가 그토록 자신하던, 믿을 능력이라곤 겨우 하나뿐이던 능력조차 그 누구에게도 인정받지 못한 것 같아서 이 꿈을 포기하려고 했었다. 어릴 때부터 가지던 꿈을 이루기 위해 수많은 노력을 했지만, 내 노력은 그저 헛수고일 뿐인 것 같고, 수많은 헛수고로 인해 나는 이 꿈을 이루기에는 너무나도 부족한 사람인 것 같았다. 그래서 이 길을 포기하고, 전공을 살려 할 만한 다른 일을 찾아보려던 중에, 기적처럼 지금 내가 다니고 있는 회사에 합격했다. 정말 기적이었다. 취업 실패라는 절벽 끝에서 떨어질 뻔했는데 간신히 구조된 것이나 마찬가지였다.

내 대학 동기가 한때 내가 가고 싶었던 회사의 이사직에 있다는 사실에 잠시 혼란스러웠지만, 나는 내가 지금 다니고 있는 회사에 만족하기로 했다. 기적 같은 현실에 만족하지 못하면, 남을 질투하는 마음이 생기기 때문이다. 그 애에게는 약간의 앙금이 남아있지만 너무 시기하고 싶지는 않다. 그 애는 나보다 친화력이 10배는 좋아서 우리가 만나지 않은 대략 6, 7년 가까이 되는 시간 동안 많은 사람들을 사귀었을 것이다. 따라서 그 애에게 나는 그냥 옛날에 친했던, 대학 때 친했다가 싸운 애 정도로 기억하고 있을 것이다.

나는 다시 회사로 돌아와 자리에 앉았다. 그냥 내 일에 집중하자고 마음을 먹었다. 그리고 평소처럼 열심히 디자인을 짜기로 했다.

그렇게 몇 시간 뒤, 디자인에 고민되는 부분이 생겨서 정 팀장님께 여쭤보려고 했다. 팀장님은 항상 둘 중 하나를 결정 못하는 나에게 어느 하나가 더 좋다고 조언해주시는 분이기 때문이다.

"저, 팀장님. 이 부분이요…….”
"아, 잠깐만요. 저 화장실 좀 갔다가 봐 드릴게요.”
"아, 네네.”

아까 나와 대화를 나눈 이후부터 뭔가 분위기가 급격하게 변한 것 같았다. 혹시 내가 말실수를 한 것이 있었나. 몇 분 뒤, 팀장님이 자리로 돌아오셨다.

"혜진 씨, 아까 물어보려던 거, 뭐예요?”
"아, 이 부분에…….”

그래도 나에게 친절히 조언을 해주셔서 내가 말실수를 한 것은 아닌 것 같다.

"또 물어볼 거 있으면 언제든지 물어봐요."

팀장님이 옅은 미소를 지으시며 말씀하셨다. 그러나 오늘 아침에 봤던 미소와는 사뭇 다른 느낌이 들었다. 어딘가 슬픈 느낌이 들었다. 처음에는 내 착각이겠거니와 생각했다. 하지만 그 느낌은 결국 나의 착각이 아니었고 그 후 며칠 뒤, 나는 정 팀장님의 슬픈 미소에 담긴 의미를 알게 되었다.

- 정유진 -

오늘은 3주 만에 회사에 출근하는 날이다. 어떤 이유에서인지 잠이 오지 않아 어제처럼 새벽에 일어나 잠이 조금 덜 깬 상태로 산책을 나섰다.

오늘 새벽 풍경은 어제와 그리 다르지 않은 풍경이었다. 어제는 오랜만에 보는 바깥 풍경이 너무나도 고요해 보였다. 전날 비가 와서 촉촉하게 남아있는 습기와 약간의 물안개, 적당히 시원한 온도마저 너무나 고요했었다. 처음엔 조용한 느낌이 들었는데 몇 분 걷고 나니 너무 춥고 외롭다는 기분이 들었었다. 그래서 가족들이 나에게 해준 좋은 말, 따뜻한 말들이 많이 생각났다. 나는 사랑하는 사람의 소중함을 왜 이렇게 늦게 알았을까, 내가 그때 왜 그런 모진 말을 했을까, 괜히 동생의 말을 들어서 밖에 나왔나. 이런저런 과거의 일들을 후회하며 걸었었다. 하지만 비가 와도 언젠가는 파란 하늘 사이로 드리우는 반짝이는 햇살이 고인 빗물을 날아가게 한다. 그 상담소는 나에게 햇살 같은 존재였다.

오늘도 이상하게 발걸음이 그 상담소로 향했다. 역시나 그녀는 상담소 안에 있었다. 그래도 구면이라는 마음에 스스럼없이 상담소로 들어갔다.

"어, 정유진 님!"

그녀는 내 이름을 부르며 반갑게 나를 맞아 주었다.

"네! 맞아요. 기억하고 계시네요?"
"바로 어제 있던 상담이었는데요. 여기 앉으세요. 아, 주스 한 잔 가져다 드릴게요."
"감사합니다. 잘 마실게요."
"오늘도 산책하시려고 나오셨나 봐요."
"네, 가볍게 산책이요. 동생이 계속 집에만 있으면 우울증 걸린다고 해서 어제도 억지로 나왔었는데. 뭐, 그 덕분에 이렇게 로아 님처럼 좋은 분도 만났네요."

"아하하, 저도 좋은 내담자분 만나서 동생 분께 감사해야겠네요. 아, 그러고 보니 어제 나가시기 전에 하셨던 말씀 지키셨네요?"

"하하. 어쩐지 오늘도 발길이 이쪽으로 향하더라고요. …혹시 실례가 안 된다면, 로아 님은 몇 살이에요?"

"어… 스물… 세, 아니, 다섯 살이에요!"

"와, 생각보다 더 젊으시네요. 처음 봤을 때도 엄청나게 어려 보였는데, 분위기가 저보다 더 어른 같은 느낌이어서 헷갈렸어요. 저는 딱 서른이에요. 저… 로아 님, 괜찮다면 말 편하게 해도 될까요? 언니, 동생으로……."

사실 조금 실례되는 게 아니라 많이 실례되는 말이었다. 만난 지 겨우 이틀인데. 나이도 오늘 알았는데 말 편하게 하자는 말이 곧바로 나온 건 처음이다. 하지만 왠지 이 사람은, 부모님과 남편 다음으로 나에게 가장 큰 희망을 준 이 사람과 더 친해지고 싶은 마음이 강했던 것 같다.

"물론이요! 좋아요, 언니!"

당연히 거절할 줄 알았다. 로아 님이 불편해할 것을 알면서 한 말이었는데 예상 밖의 일이다. 내 무례한 부탁을 흔쾌히 받아주었다.

"지, 진짜요? 아니, 진짜?"

"네! 힘들거나 고민 있으면 언제든지 저한테 오세요! 24시간 상담해드릴게요, 하하."

"하하. 고마워, 동생!"

 - 딸랑

종소리가 들리더니 누군가가 들어왔다. 그 사람은 나와 로아가 함께 있는 것을 보고는 눈치를 보았다.

"어, 내담자분 오셨다."

로아가 나에게 조용히 말했다.

"그럼, 나중에 또 놀러 올게. 안녕!"
"조심히 가세요, 언니! 아, 이쪽으로 앉으시면 됩니다."

그녀는 나에게 밝게 인사를 하고 새로 온 내담자를 반겼다.

상담할 때 가장 행복해 보이는 그녀는 진심으로 이 일을 즐기고 있다. 그런 그녀를 보니 나도 내일 회사에 가면 다시 내가 좋아하는 일을 마음껏 즐겨봐야겠다는 생각이 들었다.

상담소를 나오니 어제 상담소를 나왔을 때와 비슷한 시간이었다. 이제 12월이라 그런지 슬슬 추워지지만 혼자서라도 따뜻하게 잘 지낼 수 있을 것 같다. 심심하면 내 이야기를 잘 들어주는 좋은 여동생도 생겼으니 말이다.

　오전 8시 30분. 드디어 회사로 출발해야 할 시간이 되었다. 오랜만에 말끔한 옷을 입고 따뜻한 커피를 보온병에 가득 채워 담은 후 차를 타고 회사로 향했다. 이제 돈을 벌기 위해 회사에 나간다는 생각을 바꾸어서 내가 좋아하는 일을 하기 위해 간다고 생각하니까 신입사원 이후로 출근길이 가장 두근거렸다. 가끔은 너무 긍정적인가 싶을 때도 있지만 이렇게라도 마음을 가지지 않으면 가족이 너무 보고 싶을 것 같다. 가족을 잊고 살아간다는 것은 아니지만, 적어도 좋은 추억만 기억났으면 좋겠다.

　회사에 도착해서 자리에 앉아 집에서 가져온 커피를 한 모금 마시니 슬슬 다른 직원들이 출근하는 모습이 보였다. 오랜만에 보는 바쁘게 돌아가는 회사 직원들의 모습을 보니 나도 다시 열정이 솟아났다.
　내 책상 안쪽에 가족사진을 두었다. 가끔 그 사진을 볼 때마다 그리워지기도 하겠지만 가족이 옆에 있다고 생각하면 열심히 일하고 싶은 마음이 생기는 것 같다. 오늘 할 일을 확인하고 있을 때 누군가 말을 걸어왔다.

　"정 팀장님! 휴가는 잘 보내셨어요? 진짜 오랜만이네요!"

　서혜진. 실력도 좋고 예의도 발라서 아끼는 후배 중 한 명이다.

"어, 혜진 씨! 오랜만이네. 나야 잘 지냈지! 혜진 씨는 어떻게 지냈어?"

부모님과 남편이 죽었다는 사실을 말해봤자 분위기만 안 좋아질 것 같아서 말하지 않았다.

그것보다 내가 3주 동안 연락도 없고 회사도 안 나와서 많이 답답했던 것 같다. 얼굴이 어두워 보이고 피곤한 기색이 열열하다. 무엇보다 날 바라보는 눈빛이 '너 진짜 너무했다'라는 말을 하고 있었다. 그래서 나중에 밥을 사겠다고 말했다.

오랜만에 보는 업무는 그럭저럭 할 만했다. 내가 좋아하는 일을 하고 있다고 생각을 하니 평소보다 힘도 덜 드는 것 같았다.

점심시간이 되어서 집에서 싸 온 도시락을 꺼냈다. 옛날에 독립하기 전에 부모님과 같이 살 때 매일 출근할 때 엄마가 도시락을 싸주셨다. 비싼 돈 주고 사 먹지 말라시면서 말이다. 오랜만에 그 추억이 생각나 도시락을 쌌다. 젓가락을 들어 반찬을 집으려던 순간 혜진 씨가 나에게 물었다.

"저… 이런 말 실례일 수도 있는데, 혹시 안 나오신 동안에 집안에 누구 돌아가셨어요?"

순간 혜진 씨가 무서웠다. 내 표정이 그렇게 보이나. 내 말투가 이상했나. 내가 무심코 눈물을 흘렸나 내 모든 행동들을 의심했다. 혜진 씨는 아무 반응 없는 날 보고는 황급히 자리를 떠났다.

그렇게 남겨진 나는 아무런 말도 없이 조용히 밥을 먹었다. 그 뒤, 혜진 씨는 밥을 먹고 돌아와서 나처럼 아무런 말없이 디자인만 신경 썼다. 하지만 나는 손으로는 디자인을 짜고 있었지만, 머릿속이 멍해져서 아무 생각도 들지 않았다.

다시 시간이 지나고, 혜진 씨가 나에게 질문을 했다. 나는 화들짝 놀라서 화장실에 다녀오겠다고 했다. 사실 화장실이 급한 것도 아니었다. 화장실에서 이런저런 생각을 했다.

'혜진 씨한테는 이런 무거운 얘기는 하고 싶지 않았는데.'
'얘기했다가 괜히 부담 줄지도 모르니까 그냥 넘어갈까.'

이런 생각들이 수십 번은 오고 갔다.

몇 분 뒤, 다시 이성을 되찾고 혜진 씨의 질문을 받았다. 머릿속은 혼잡했지만, 어찌어찌 잘 해결하고 퇴근했다. 퇴근하면 오늘 하루도 수고했다는 생각에 뿌듯하고 개운했다는 생각이 들 것 같았지만, 내 생각과는 다르게 뭔가 찝찝한 기분이었다. 역시 혜진 씨에게는 내 상황을 말해줬어야 했나.

엘리베이터를 타고 우리 집이 있는 층에 도착했다. 현관문 앞에 동생이 서 있었다. 오늘 같이 저녁을 먹기로 했다는 사실을 잊고 있었다.

"아, 진짜! 한참 기다렸잖아. 전화는 왜 안 받냐! 얼어 죽을 뻔했네……."

"… 아, 좀만 더 늦게 올걸."

"… 야, 하나밖에 없는 동생이 감기 걸릴 뻔했는데 지금 그런 말이 나오냐?"

나는 현관문 앞에 서 있는 동생을 살짝 옆으로 밀고 현관문 비밀번호를 누른 후 문을 열었다.

"그러니까, 하나밖에 없는 동생 감기 걸리게 할 뻔한 누나의 저녁을 먹기 싫다는 거지?"

"에이~ 또 섭섭한 말 한다! 아이고, 누님. 같이 좀 들어갑시다!"

동생의 태세 전환에 피식 웃음이 터졌다. 덕분에 이런저런 복잡한 생각들이 사라졌다.

"아, 근데 누나 너 회사 갔다 온 거야?"

"어. 어떻게 알았냐?"

"회사 다녀오고 나면 얼굴이 항상 죽상이더라고."

"……. 밥 안 먹고 싶냐."

"에이~ 농담인 거 알잖아~"

이런 태세 전환은 이런저런 나쁜 말을 생각나게 한다.

"근데 의외다. 누나 요즘 되게 힘들어 보이던데 회사를 다 가고."

"뭐… 어쩌다 보니 그렇게 됐네. 사실은 좋은 동기부여가 생겼거든."

"오~ 뭔데?"

"애들은 몰라도 된단다~"

뭔가 아무에게도 알려주고 싶지 않았다. 그 상담소는. 나만 아는 장소였으면 좋겠다는 생각이 들었다. 하지만 절벽 끝에서 떨어질 것 같이 위태로운 사람이 눈앞에 보이는데, 손을 건네지 않는 바보 같은 짓은 하지 않을 것이다. 그 사람도 분명 예전의 나처럼 세차게 내리는 비를 맞고 있고, 내가 바람이 되어 그 비구름을 날려 주어야 한다. 햇살이 그 누군가를 비추어 주기 위해서 나는 그 사람에게 도움이 되어주고 싶다.

- 서혜진 -

오늘도 어김없이 아침이 밝아왔다. 아직도 화요일이고 토요일이 오기까지 4일이나 남았다. 주말은 1시간이 1분 같은데 평일은 1시간이 영원 같다.

오늘도 현실을 받아들이고 힘겹게 출근했다. 어제와 별다른 바 없이 자리에 앉아 일을 시작하고 어제와 별다른 바 없이 의미 없는 시간이 흘렀다.

점심시간이 되어서 정 팀장님께 밥을 같이 먹자고 했더니 흔쾌히 같이 먹자고 하셨다. 나는 어제 갔던 백반집 근처에 있는 식당으로 갔다. 어제 갔던 백반집은 별로 맛도 없었고, 무엇보다 그 식당은 방이진이 자주 가는 식당이기 때문이다. 방이진은 만나고 싶은 상대가 아니다.

나와 팀장님은 식당으로 들어와 제육볶음과 밥을 시켰다. 공모전에 낼 디자인에 대해 이것저것 상의도 했다.

대상과 은상, 동상은 대표님이 직접 심사하시고, 대상, 은상, 동상인 디자인은 전액 지원을 통해 진짜 옷으로 만들 수도 있다. 겨울에 걸맞은 따뜻하고 두꺼운 옷을 디자인해야 한다. 일단 외투와 바지는 완성했는데, 스웨터와 한 가지의 액세서리가 문제이다. 아무리 생각해도 스웨터 디자인이 잘 생각나지 않고, 겨울에 착용하는 액세서리는 목도리, 장갑 등 종류도 이것저것 많아서 어떤 것을 골라야 할지 고민이 된다. 팀장님도 휴식이 너무 길어서 감이 조금 떨어진 것 같다고 하시고⋯⋯. 4가지를 모두 완성 해야지 선정될 확률이 높아진다. 어떻게든 악착같이 생각해보려고 하지만, 머리만 아플 뿐이다.

한창 창작의 고통에 시달릴 때, 드디어 주문한 음식이 나왔다. '일단 먹고 생각하자'라는 생각에 얼른 젓가락을 들었다. 그때, 가게 문 위에 달린 종이 청명하게 울렸다. 익숙한 목소리가 들리고, 익숙한 향수 냄새가 났다. 방이진. 그토록 피하고 싶던 상대가 내 눈앞에 보인다. 맛있는 제육볶음 냄새에 맛있겠다고 생각했었는데, 한순간에 입맛이 뚝 떨어졌다.

"어머, 혜진아! 여기서 또 보네!"

그 아이가 나에게 말을 걸어왔다. 아무것도 모른 척, 아무것도 못 들은 척하고 싶었다. 하지만 그 아이는 내 앞에 앉아있는 팀장님께도 말을 걸었다.

"안녕하세요, 저 혜진이 대학 동기, 방이진이라고 합니다! 혜진이 회사 동료분이신가 봐요~?"
"아, 네. 반가워요."

벗어나고 싶었다. 너무 답답해서 견딜 수 없을 것 같았다.

"……. 혜진 씨?"
"아, 네… 죄송합니다. 어… 여긴 어떻게… 온 거야?"
"우리 저번에 우연히 만났던 백반집 아주머니가 몸이 안 좋으셔서 하루 휴무라고 하더라고. 그래서 근처에 있는 식당에 왔는데, 여기서 또 널 볼 줄이야! 우리 운명인가 봐, 하하."

그 아이는 웃으며 말했지만 나는 전혀 웃을 기분이 아니었다.

"혜진 씨, 괜찮아? 안색이 별로네."

정 팀장님이 나에게 물었다.

"……. 저 잠깐 화장실 좀……."
"응, 다녀와요."

나는 화장실로 가서 오랫동안 생각했다. 앞으로 방이진과 어떤 관계로 있어야 하는 걸까. 옛 기억을 잊고 다시 잘 지내야 할까 하고 말이다. 화장실에 사람이 많이 들어오자 정신을 차리고 밥을 먹던 자리로 돌아갔다. 방이진은 식당 어디에도 없었다.

"아, 혜진 씨! 괜찮아?"
"네……. 근데 걔는……."
"아, 이진 씨는 식당에 사람이 꽉 차서 주인아주머니가 줄을 서야 한다고 했더니 시간 없어서 먼저 갔어. 우리도 얼른 먹고 나가자. 점심시간 얼마 안 남았어."

팀장님이 오랜만에 사주셨는데 제대로 먹지도 못했다. 1/3은 남기고 다시 회사로 돌아왔다. 일에 집중해야 하는데 방이진 때문에 그때 일이 계속 생각났다.

그날도 12월이었다. 그렇게 춥지는 않았지만 그렇다고 따뜻하지도 않은 그런 날씨. 그때 나는 곧 졸업을 앞둔 대학교 4학년이었다. 예술 대학이었기 때문에 매년 졸업생들은 졸업 작품을 만들어야 했다. 우리 과는 성적이 가장 좋은 두 명이 졸업 작품을 만들기로 했다.

그게 나와 방이진이었다. 처음에는 우리 두 명뿐만 아니라 과에 있던 학생들 모두 우리가 만든 디자인을 마음에 들어 했다.

하지만 예쁜 디자인을 만들겠다는 의지가 결국 선을 넘어버렸다. 사람마다 개개인의 특징이 있고, 좋아하는 스타일이 있고, 개성이 존재한다. 그래서 개개인을 존중해야 한다는 말이 있는 것이다. 하지만 우리는 그러지 못했다. 내가 만든 상의와 방이진이 만든 하의는 전혀 조화롭지 못했고 액세서리도 옷과 전혀 어울리지 않았다. 나는 방이진의 디자인에 전혀 만족하지 못했고, 방이진도 나의 디자인에 호감을 보이지 않았다. 나는 그때 내 디자인이 방이진의 디자인보다 훨씬 예쁘고, 졸업 작품에 걸맞은 완벽한 디자인이라고 생각했다. 이런 생각들이 친구였던 우리 사이를 갈라놓았다. 그렇게 졸업 작품은 내가 만든 디자인 중에서 가장 망한 작품이 되었다. 그 뒤로 자연스럽게 우리 사이는 멀어졌다. 지금 생각해보면 그때는 어린 마음에 고집만 강해서 내 디자인이 가장 좋다고 생각했었다. 물론 방이진도 같은 마음이었을 것이다.

머릿속에서는 고맙거나 미안하거나 한 일에 대해서 상대방에게 말을 해야겠다고 다짐하지만, 만나면 입 밖으로 말이 나오지 않을 때가 있다. 지금 내 상황이다. 어제 방이진을 오랜만에 보고 훗날 만나면 '그때는 내가 네 기분도 생각 안 하고 내 주장만 밀고 나가서 많이 미안했어.'라고 이야기하려고 마음을 먹었었다. 하지만 오늘 나는 비겁하게 숨고 말았다. 그 아이도 기다리고 있을지도 모른다. 나와 네가 어린 시절에 했던 갈등에 대한 사과를. 그리고 영원하자고 말했던 우정을 말이다.

"혜진 씨, 끝나고 술 한 잔 어때?"

정 팀장님이 처음으로 나에게 같이 술을 마시지 않겠냐고 물어보았다. 팀장님은 결혼해서서 늦게까지 회식도 잘 안 하셨는데…….그래도 상사가 사주는 술을 먹지 않는 것도 예의가 아니라는 생각에 그러겠다고 했다. 팀장님은 나에게 하고픈 말이 많아 보이기도 했다.

팀장님과 같이 퇴근하고 치킨집으로 향했다. 팀장님과 디자인 회의도 했지만, 술이 목구멍으로 넘어간 순간, 상사에 대한 푸념, 연애고민, 인생을 왜 사는지 등등 쓸데없는 이야기들이 나왔다. 이상하게 팀장님은 가끔 상사가 아니라 친언니처럼 느껴질 때가 있다. 지금 이순간도 팀장님이 정말 착한 친언니 같다.

몇 분 후, 가게에 사람이 많이 줄어들었다. 이제 슬슬 나가자고 팀장님께 말을 걸려던 순간 팀장님이 먼저 입을 열었다.

"혜진 씨……. 혜진 씨는 사랑하는 사람을 잃어본 적 있어요? 친구나, 연인이나… 가족이나…….."
"예? 아, 아뇨 딱히……. 뭐, 대학생일 때 친하던 친구랑 사이가 멀어졌긴 하죠."
"혜진 씨가 잘못해서 멀어진 거예요?"
"아뇨, 쌍방이었죠. 둘 다 잘못했었어요."
"그럼 먼저 미안하다고 해요, 혜진 씨가."

"그러고는 싶은데… 앞에 서면 미안했다는 그 말이 안 나오더라고요, 하하…….."

"……. 나도 그랬어요……. 앞에서는 괜히 투덜대고, 아는 척 안하고, 표현도 잘 안 해주고, 뒤돌아서는 후회하고, 미안해하고, 사과해야지 마음만 먹고. ……. 근데 혜진 씨, 정작 그 상대가 사라지면 너무 괴로워져요. 진작에 얘기해야 했는데, 그때 그러지 말았어야 했는데. 내가 너무 미련하고, 바보 같고……. 내가 너무 싫어져요. 그때가 정말 좋았다는 걸 왜 난 지금 알았을까……. 매일매일 이런 생각만 반복돼요. 그러니까 혜진 씨는 아직 기회가 많이 있으니까, 미안했다고 먼저 사과해요…….."

확실하다. 정 팀장님이 약 3주나 되는 긴 시간 동안 회사에 나오시지 않았던 이유에는 슬픈 뒷이야기가 있는 것이 틀림없어 보였다. 하지만 애써 물어보고 싶지 않았다. 슬픈 얘기는 꺼내면 꺼낼수록 더욱더 자세하고, 상세하게. 그리고 그날의 일을 세세한 부분까지 모조리 생각나게 한다. 마치 내가 이진이를 두 번째 봤을 때처럼.

"… 궁금하지 않았어요? 내가 왜 3주 동안 회사에 안 나왔는지."

"따, 딱히 말씀하고 싶지 않으신 것 같아서…….."

"……. 어느 순간 눈을 떠보니까 우리 부모님이랑 남편이 사라지고 없더라고요."

내가 건드려서는 안 될 판도라의 상자를 건드린 것 같다. 그렇다고 듣기 싫다고 할 수도 없었다.

"여러 가지 요인이 있었지만, 결국은 나 때문이에요. 내가 모두를 죽게 만든 거나 다름없어요……."

팀장님은 팀장님의 인생 최악의 날에 대해 말씀해 주셨다. 그리고 나는 저번에 보았던 팀장님의 슬픈 미소의 진짜 의미를 알게 되었다.

"……. 정말 힘드셨겠네요……. 뭐라 위로의 말을 드려야……."

팀장님은 고개를 양옆으로 저으며 말씀하셨다.

"아니, 이젠 괜찮아. 두 명이나 내 이야기를 들어준 사람이 있어서, 이젠 좀 후련하다."
"두 명이요? 한 명은 저고, 다른 한 명 누구예요?"
"있어요, 명예 여동생."

명예 여동생이 누군지는 잘 모르겠지만, 팀장님이 슬픈 일을 그럭저럭 잘 이겨내신 것 같아 다행스러웠다. 그 후로 우리는 각자의 집으로 돌아갔다. 나는 집에서 팀장님께서 해주신 말씀을 곱씹어보며 다시 한번 이진이에게 사과를 해야겠다고 마음먹었다.
하지만 디자인 공모전 때문에 바빠서 점심도 제대로 먹지 못했다. 그래서 이진이를 볼 여유도 없었다. 전화나 문자를 할 시간도, 여유도 생기지 않은 채 공모전 마감일은 눈치 없게도 빠르게 다가오고 있었다.

12월 11일, 내일은 드디어 공모전 마감일이다. 나와 정 팀장님은 예전의 완벽한 호흡을 되찾아 금세 모든 디자인을 완성했다. 덕분에 여유가 많이 생겨서 오늘은 드디어 점심을 먹을 시간이 생겼다. 출근 후 퇴근 전까지의 모든 시간 중 가장 꿀 같은 시간이다. 그리고 이진이를 만날 수 있는 절호의 기회이기도 하다. 오늘 이진이를 만난다면 이진이에게 나중에 밥 한 번 사겠다고 하면서 그때의 일을 사과할 것이다.

이진이를 처음 봤던 백반집에 도착했다. 나는 그때와 같은 메뉴를 시키고 이진이가 오기를 기다렸다. 주문한 음식이 나오고, 밥에서 모락모락 피어오르는 김이 점점 식고, 밥이 담긴 공기의 바닥이 보여도 이진이는 내 눈에 나타나지 않았다. 왜 보고 싶지 않을 때는 나타나고 보고 싶을 때는 나타나지 않는 것일까. 정 팀장님의 말처럼, 조금 더 일찍 말했어야 했다. 그땐 내가 미안했다고. 다시 잘 지내고 싶다고.

그렇게 아쉬움만 남긴 채 백반집을 나왔다. 이제 남은 방법은 전화나 문자로 약속을 잡는 것이다. 어떤 말로 얘기를 꺼낼지 고민하면서 엘리베이터에 올라탔다. 그러고 보니 이진이를 처음 오랜만에 만났던 그 날, 엘리베이터를 같이 탔었다. 나는 그 애의 얼굴을 기억하지 못했다. 지금 생각해보면 조금 미안한 일이다. 그 애는 내 얼굴을 기억해주긴 했었는데.

엘리베이터는 2층에서 멈추더니 문이 열렸다. 나는 고개를 숙이고 생각에 잠겨있었다. 누군가 들어오고 문이 닫혔다. 익숙한 향수 냄새가 난다. 나는 천천히 고개를 들었다. 익숙한 머리모양, 익숙한 옷차림……. 방이진이었다. 순간 당황했지만 정신을 차리고 이 기회를 놓칠세라 용기를 내어 입을 뗐다.

"이…….."

그 순간, 엘리베이터 문이 열렸다. 우리 회사가 있는 3층이다. 엘리베이터에 같이 탔던 우리 회사 사람들이 나에게 안 내리냐고 해서 불가피하게 내리고 말았다. 어쩜 이렇게도 안 맞을까……. 이진이와 만나지 말라는 하늘의 뜻인지, 원.

다음 날, 디자인 공모전 마감일이 되었다. 떨리는 마음으로 디자인한 의상이 들어있는 파일을 주최 측에 보냈다. 모든 심사가 끝나기 위해서는 적어도 2주가 필요하다고 한다. 2주 동안 긴장의 시간을 보낼 것 같다. 그나저나 이진이에게는 뭐라고 말을 걸어야 하지. 내가 먼저 말을 걸면 이상하게 생각할 것 같다. 그렇다고 말을 걸지 않으면 이대로 점점 더 멀어질 것이 분명한데…….

그렇게 영양가 없는 2주가 흘렀다. 당연히 이진이와는 만나지 않았다. 내가 먼저 말을 꺼내지도 않았다. 이대로 우리는 옛날처럼 친한 친구 사이로 돌아갈 수 없는 것일까.

"으악! 혜, 혜진 씨!"

정 팀장님이 다급한 목소리로 날 불렀다.

"팀장님! 왜 그러세요! 무슨 문제 생겼어요? 헐, 혹시 패딩 디자인 파일 날아간 거예요?"
"아, 아니… 이, 이것 좀……."

정 팀장님은 팀장님 책상 위에 있는 컴퓨터를 가리켰다. 무슨 메일이 와 있는 것 같은데……. 팀장님은 무슨 일이신지 아무 말씀 없이 손으로 입을 가리고 계셨다. 어디 보자, 메일 제목이…….

- PERFECT-DESIGN & RAINBOW-DESIGN 공동 주최 겨울 패션 디자인 공모전 수상작 발표 안내 메일

이럴 수가. 방이진이 이사인 퍼펙트 디자인과 우리 회사의 공동 주최 디자인 공모전이었다. 아니, 지금 그게 중요한 게 아니지. 대상 수상작은……. 김 선&김지연……. 어디선가 들어본 이름인 걸 보면 다른 부서의 팀인 것 같다. 그리고 은상 수상작은 남 건&한지아……. 처음 들어본 이름인 걸 보면 신입이거나 퍼펙트 디자인 직원일 것이다. 아쉽게도 우린 금상도, 은상도 수상하지 못했다. 노력한 것이 아깝긴 하지만 좋은 경험이었다고 생각한다. 그런데 팀장님은 뭘 보고 이렇게 놀라신 거지……. 아, 동상 수상작을 보지 않았다.

- 동상 수상작 - 정유진&서혜진

"마, 말도 안 돼… 티, 팀장님 이거 꿈 아니죠? 그렇죠?"

"꿈 아니야, 혜진 씨! 우리 성공했어! 동상이야, 동상!"

세상에 존재하는 모든 것을 가진 듯이 행복했다. 많은 디자인을 제작하고, 내가 제작한 디자인을 입는 사람을 처음 봤을 때도 이렇게 행복했다. 내가 무언가를 성공시켰다는 행복함은 잊혀질 때쯤 다시 생각이 나서 또다시 나를 행복하게 만들어준다. 나는 이것이 행복이 소중한 이유라고 생각한다.

팀장님과 부둥켜 안고서 다른 사람의 시선을 신경 쓰지 않은 채 소리를 질렀다. 팀장님과 했던 고생이 생각나 눈물도 약간 흘렀다.

감동의 여운을 가슴 속에 담아두고 내 자리로 돌아와 메일함에서 아까 봤던 수상작 발표를 다시 보았다.

우리 부서 직원 중에서 누가 입상을 받았는지 궁금해서 스크롤을 내려 보았다. 대부분 다 입상을 수상한 것 같다. ……. 박지연이라는 이름 옆에… 그 아이의 이름도 있다. 방이진. 그 세 글자가 적혀 있었다. 그 애도 공모전에 디자인을 냈었나 보다. 본인이 이사인데 입상인 걸 보면… 정말 엄격하게 심사한 것 같다. 이사라고 너그럽게 봐주지는 않았나 보다. 다시 만나는 날이 오면 자세한 걸 물어봐야겠다.

한 해의 마지막 월요일인 오늘, 나는 이 성공의 기쁨과 행복을 원동력 삼아 오랫동안 가지고 있던 고민을 이겨내 보기로 결심했다. 나는 내 핸드폰을 집어 메신저 어플을 열었다. 최근 연락 순으로 정렬되어있었기 때문에 화면을 한참 내린 끝에 그 이름을 찾을 수 있었다. 보낼 내용을 적고 전송 버튼을 누르려던 순간, 메시지 한 통이 왔다.

– 혜진아 안녕. 내 전화번호 지웠을 수도 있겠다……. 나 이진이야. 방이진. 언제 한 번 밥 한 끼 같이 먹자고 문자 보내. 싫으면 싫다고 말해줬으면 좋겠어. 그럼 오늘도 좋은 하루 보내!

– 아, 맞다. 공모전 동상 축하해!

성공과 우정 사이

- garnet

이 상담소에서 상담을 한 지 약 8개월이라는 시간이 흘렀다. 그리고 오늘은 새로운 해의 첫날, 1월 1일이다.

오전 7시 반, 나는 전날부터 기대하던 일출을 보기 위해 잠에서 깨어났다. 대충 옷을 갈아입고 상담소 밖으로 나왔을 때, 차디찬 겨울에도 따스하게 빛나는 햇살이 거리를 비추고 있었다. 지금 내가 로벨리아 펠릭스였다면, 친구들과 함께 이 멋진 풍경을 같이 봤을 텐데……. 상담하면서 새로운 사람을 만나고, 또 그들과 이야기할 때 느끼는 행복들도 소중하지만, 가끔은 고향으로 돌아가 친한 친구들과 수다를 떨고 싶기도 하다. 하지만 행복에 종류는 다양하니까, 나는 지금 이 행복에도 만족한다.

처음으로 새해를 나 혼자 보내고 아무런 일 없이 추운 겨울바람만이 상담소의 문을 두드렸다. 그리고 1월 11일, 세련된 옷차림의 내담자가 호기심 어린 눈으로 간판을 쳐다보더니 이내 얼어붙을 뻔한 상담소의 문을 열었다.

"안녕하세요, 이곳은 상담소이고 저는 상담사인 서로아입니다. 이쪽으로 앉으시면 됩니다."

"아, 네… 감사합니다. …간판에 상담소라고 작게 적혀 있기에 궁금해서 한 번 들어와 봤는데 이상한 곳은 아닌 것 같네요……. 아, 죄송해요. 제가 좀 솔직한 편이라 가끔 굳이 안 해도 되는 말을 할 때가 있어서……."

"괜찮아요. 솔직한 거 좋아해요. 욕만 아니면요."

"하하, 그러네요. 아, 저는 방이진이라고 합니다. 패션디자인 회사에서 일하고 있어요."

"패션디자인… 자, 그럼 어떤 내용을 상담 받으시려고 오셨나요?"

"……. 좀 유치하긴 한데, 친구 때문에요."

보통 어른이 되면, 친구와 싸울 일이 줄어들던데… 아니, 싸움의 문제가 아닌가. 그때, 목걸이가 반짝이더니 눈앞에 한 장면이 일렁이며 보였다.

두 명의 여자들이 마네킹 앞에서 입씨름하고 있다. 한 명은 오늘 온 내담자인 방이진이고, 또 한 명은 잘 모르겠다. 둘 다 서로를 이해하지 못하겠다는 눈빛을 하고서는 계속해서 말다툼하고 있다.

눈앞에 펼쳐진 장면 속 방이진은 어느새 사라지고 없었다. 그리고 내 눈앞에는 현재의 방이진이 앉아있었다.

"… 친구분이랑 무슨 문제가 있으셨나요?"

"저랑 제 친구는 대학교 때부터 알고 지내던 사이였어요. 같은 과였고, 둘 다 성적이 좋은 편이었어요. 물론 그 친구가 저보다 한 수 위지만요. 대학교 3년 동안 아무런 문제없이 잘 지내다가 4학년 때 졸업 작품을 같이 만들게 됐는데, 그때 틀어진 길이 지금까지 안 이어졌네요. 그런데 작년 12월에 지나가다가 우연히 만났어요. 저는 되게 반갑게 인사했는데, 그 친구는 너무 오랜만이라 떨떠름한지, 아니면 지금까지도 제가 싫은 건지는 모르겠지만, 절 그렇게 반가워하는 눈치가 아니어서요."

"그분과 다시 친구가 되고 싶으신 거죠?"

"와, 맞아요! 완전 족집게시네요!"

족집게라니… 마치 한때 우리 마을에서 유명하던 점술가가 된 기분이다. 결국 돌팔이였지만.

"생각해 보면, 졸업 작품 만들 때 그 친구의 디자인이 더 예쁘고 좋다고 생각했었어요. 근데 그때는 이상하게 열등감이 생기고, 질투가 나더라고요. 물론 지금은 그렇게 생각 안 하지만, 성적 조금 더 높다고 교수님들이 더 예쁘게 봐주시고, 칭찬해 주시는 건데 뭐가 잘났다고 내 디자인을 평가하고 있는지 이해가 안 됐어요. 그래도 얼마 전에 집 정리를 하다가 졸업 작품 때 제가 만들었던 디자인을 봤는데 그 친구가 그런 말을 한 이유를 지금에서야 이해가 되더라고요, 하하. 그래서 저는 그때 일을 사과하고 싶어서 제 나름대로 용기 내서 같이 밥 먹자고 문자를 보냈는데, 아예 제 번호를 차단했는지 어쨌는지 연락이 통 없어서요. 진짜 저랑 화해할 생각이 없는 걸까요?"

"… 저야 모르죠."

"네?"

"제가 아무리 족집게라도 그 사람의 속마음까진 알 수 없죠. 방법은 직접 물어보는 것밖에는 방법이 없는데, 그건 이미 문자… 인가 암튼 그걸로 하셨고…… 아, 직접 만나서 얘기 해 보셨나요?"

"어… 만나기는 우연히 식당에서 두 번 만나봤는데, 밥 먹자고는 얘기 안 해봤어요. 그래도 직접 만나기 쉬워요. 제가 다니는 회사 바로 위층이 그 친구 회사거든요."

"잘 됐네요! 혹시나 마주치면 친구분께 꼭 말을 걸어보세요. 사소한 말이라도요. 굳게 닫힌 문을 열고 들어가고 싶다면 계속해서 문을 두드려야 누군가 듣고 문을 열어주겠죠."

"와, 멋진 비유네요! 그럼 저도 그 굳게 닫힌 문을 힘껏 두드리러 가보겠습니다! 그럼 수고하세요!"

멋진 비유… 날 시인처럼 생각하는 것인가. 어쨌든 잘 해결된 것 같아서 기분은 좋았다. 참 활기찬 사람인 것 같다. 방이진이라는 사람은. 덩달아 나도 기분이 활기찼다. 이렇게 밝고 유쾌한 사람이 어떻게 사람 마음에 깊은 상처를 줬을까. 그래도 지금이나마 사과해야겠다는 생각을 가졌다는 점은 대견한 것 같다.

방이진도 이 일을 계기로 알았을 것 같다. 말은 자칫하면 날카로운 송곳이 되어 상대방의 마음을 찌를 수 있다. 그렇기 때문에, 상대의 뚫린 마음을 메꾸기 위해서는 나의 진심 어린 사과가 필요한 법이라는 것을 말이다.

- 방이진 -

원단 시장에 새로운 원단이 들어왔다고 해서 원단 조사 겸 산책하면서 이런저런 생각 정리도 좀 할 겸 원단 시장으로 걸어서 가고있었다. 길을 걷다 보니 어딘가 익숙한 느낌이 들었다. 옛날에 혜진이와 같이 살던 집이 이 길 근처에 있었다. 디자인 작업을 하다가 늦은 저녁이 되면 같이 수다 떨거나 디자인 어떻게 손볼까 하고 상의도 하면서 걸었던 길이었다.

졸업 후 나는 혜진이와 살던 집을 나왔다. 엄마가 본인이 대표인 회사로 취직해서 디자인을 배우라고 했기 때문에 회사 근처로 집을 옮겨야 했기 때문이다. 생각해보니 집을 나가야 한다고 혜진이에게 말도 안 하고 나왔던 것 같다. 나도 참, 친구를 생각하지 않고 너무 어리석은 행동을 했다. 다시 혜진이를 만난다면 모든 것을 사과하고 싶은데, 말처럼 쉽지 않은 것 같다.

걷다 보니 익숙한 가게들도 보였다. 떡볶이 가게, 화장품 가게, 문구점 등등 혜진이와 같이 갔었던 추억을 떠올리며 계속 길을 걷고 있는데, 처음 보는 가게가 내 눈에 띄었다. '내가 가꾸는 나'……. 뭐

하는 가게지. 점을 보는 곳인가…. 아, 밑에 '상담소'라고 작게 쓰여 있었다. 잠시 멈춰 서서 상담소의 간판을 뚫어져라 쳐다보다가 결국 호기심을 이기지 못한 나는 결국 그곳의 문을 열어버렸다.

내부는 깔끔하고 색이 정돈되어 있었다. 편안해지는 느낌이 들었다. 그리고 여자… 아이인가? 잘은 모르겠지만 본인이 이곳의 상담사라고 해서 그냥 키가 작은 사람이라고 생각하기로 했다.

어떤 일 때문에 왔냐는 질문에 순간 말문이 턱 막혔다. 사실 호기심 때문에 들어왔었는데……. 그래도 고민이라면 혜진이와의 우정이 지금 가장 많은 생각을 하게 해서 혜진이와 내가 옛날에 했던 싸움과 한 달 전에 만났던 이야기 등등을 말했다. 그 상담사라는 사람은 찬찬히 내 이야기를 듣더니 웃으면서 말했다.

"혹시나 마주치면 친구분께 꼭 말을 걸어보세요. 사소한 말이라도요. 굳게 닫힌 문을 열고 들어가고 싶다면 계속해서 문을 두드려야 누군가 듣고 문을 열어주겠죠."

누군가가 계속 문을 두들기는 소리를 내면 마지못해 일어나 문을 두들기는 사람이 누군지 알아보기 위해 문을 연다……. 이거다. 내 오랜 고민의 해답이. 적당한 선을 지켜 계속 문을 두드린다면 언젠가 다시 혜진이와 마주 보고 이야기할 수 있는 날이 올 것이라고 굳게 믿고 나는 상담소를 나왔다.

나는 해답을 찾았다는 기쁨에 마음이 한결 가벼워져 덩달아 가벼워진 발걸음으로 원단 시장에 금방 도착해서 원단 조사를 마치고 회사가 있는 건물로 돌아왔다. 2층까지 운동 삼아 계단으로 올라가려다 원단 시장까지 가느라 다리가 후들후들 떨려서 결국 엘리베이터로 가기로 했다. 마침 엘리베이터는 3층에서 내려오고 있었다. 나는 양손에 원단을 가득 쥐고 엘리베이터가 빨리 오기를 기다리고 있었다. 마침내 엘리베이터의 문이 열렸다. 엘리베이터 안에는 사람들이 가득 차 있었다.

마지막으로 혜진이가 내렸다. 잠깐, 혜진이? 나는 황급히 뒤를 돌아봤지만, 그 애는 이미 내 시야에서 벗어난 지 오래였다. 나는 아쉬운 마음을 뒤로 하고 회사로 돌아갔다. 하늘의 뜻인지, 항상 하고 싶은 말을 뒤로한 채, 우리 둘은 계속해서 스쳐 지나가기를 반복하기만 했다. 도대체 이 갈림길에서 우리는 언제쯤 만날 수 있을까.

- 서로아 -

방이진이 떠나고 그 이후로 상담소 문을 여는 사람은 없었다. 어느덧 어둑어둑한 저녁 7시가 되어 슬슬 상담소 문을 닫으려고 할 때쯤, 익숙한 얼굴이 눈에 보였다.

"로아야! 오랜만이야!"

정유진이다. 너무 반갑게 인사하기에 무시하고 문을 닫을 수 없었다.

"안녕하세요, 언니! 오랜만이네요!"

"우리 마지막으로 보고 벌써 한 달이 지났네. 아, 여기는 내 직장 후배, 서혜진이야."

"안녕하세요, 서혜진입니다. 말씀 많이 들었습니다."

"아, 네. 안녕하세요."

"로아야, 다름이 아니라… 이 친구가 고민이 좀 있는데, 네가 좀 도와줬으면 해서 찾아왔어. 괜찮을까?"

"당연하죠! 어서 들어오세요. 밖이 많이 춥죠?"

하루의 마무리를 상담으로 기분 좋게 끝내는 것도 좋겠다는 생각이 들어서 흔쾌히 상담하겠다고 말했다.

"그럼 나는 이만 가볼게. 로아야, 수고 좀 해줘! 혜진 씨 오늘 고생 많았어~ 상담 잘 받고~"

"네, 내일 뵐게요, 팀장님!"

"조심히 가요, 언니!"

정유진은 손을 흔들며 상담소 밖으로 나갔다.

"그럼, 혜진 님은 어떤 고민이 있으셔서 오셨나요?"

"막 그렇게 대단한 건 아니고, 친구 때문에요."

오전에도 방이진이라는 사람이 친구와의 틀어진 관계 때문에 상담하러 왔었는데……. 참 신기한 우연이다.

"친구분과의 다툼인가요?"

"네… 대학생일 때 일이죠. 4학년이라 졸업 작품을 준비 중이었는데, 과에서 성적이 가장 좋았던 두 명이 졸업 작품을 만들기로 했어요. 그게 저랑 제 친구였고, 초반에는 호흡도 척척 잘 맞아서 잘 흘러가나 싶었는데, 어느 순간 서로의 디자인을 이해할 수 없게 되었죠. 그땐 제가 말이 심했어요. 제 잘못이었다는 걸 지금 깨달은 게 문제죠……. 졸업 작품도 망치고… 그래서 그 친구와는 얼마 뒤부터 안 만났어요. 그런데 한 달 전에 지나가다가 우연히 만났어요. 그 친구는 되게 반갑게 인사해줬는데, 저는 그게 잘 안 되더라고요. 그렇게 두 번 마주치고… 아, 오늘도 봤네요. 엘리베이터에서 내리는데 그 앞에 서 있더라고요. 절 신경 쓰지 않는 것 같아서 그냥 못 본 척했는데… 그냥 제가 먼저 인사할 걸 그랬어요. 이런 상황이 계속 반복되기만 하면 점점 멀어진다는 걸 아는데도 그 애 앞에 서기만 하면 하고 싶은 말이 잘 안 나오더라고요……."

오늘 오전에 상담하러 왔던 방이진과 지금 내 앞에 있는 서혜진. 그들이 서로 말하는 '그 친구'가 누군지 이름을 이야기하지 않아도 알 것 같다. 나는 피식 웃음이 났다. 이렇게도 기막힌 인연이 있다니. 나는 터지려던 웃음을 간신히 참고 말했다.

"혜진 님, 만약에 어떤 문으로 들어가지 못하면 죽게 된다고 가정해볼게요. 문 너머의 사람들이 있는데, 모두 잠을 자고 있어요. 혜진 씨는 어떻게 할 건가요?"

"당연히 소리를 지르거나 문을 두들겨서 사람들을 깨워야죠. 그리고 문을 열어달라고 하겠죠."

"맞아요. 당연히 그렇게 해야죠. 굳게 닫힌 문을 열고 들어가고 싶다면 계속해서 문을 두드려야 누군가 듣고 문을 열어주겠죠? 혜진 씨와 그 친구분도 마찬가지예요. 계속해서 대화해야 서로의 마음을 알 수 있고, 다시 친구가 될 수 있어요. 중요하지 않아도, 쓸데없는 말이라도 뭐든 재미있게 주고받는 게 친구잖아요?"

"와… 진짜… 진짜 좋은 해답이네요! 좋아요! 로아 님이 말씀해주신 대로 대화해보도록 용기 내 볼게요!"

"좋아요. 두 분이라면 금방 다시 좋은 친구가 될 거예요!"

"정말요? 어떻게 아세요?"

"그냥… 직감이죠!"

"그렇다면 그 직감, 틀리지 않았으면 좋겠네요."

그녀가 밝은 모습으로 상담소를 나갔다. 이제 후련하고 기쁜 마음으로 상담소 문을 닫을 수 있을 것 같다.

오늘 두 개의 상담을 통해 나는 영원히 갈라질 뻔한 그들의 갈림길을 상담이 다리가 되어 그 갈림길을 연결했다고 생각한다. 뭐, 굳이 상담이 아니더라도 내 눈엔 그들은 서로 만날 수밖에 없는 길을 걷고 있다.

- 방이진 -

상담소를 다녀온 후 일주일 동안 혜진이가 내 눈앞에 보이면 바로바로 인사하기 바빴다. 조금 쪽팔리더라도 용기 내어 말을 하면 할수록 친해지는 기분이 들었다. 그 애는 그렇게 생각하지 않을지도 모르지만.

그렇게 일주일이 지나고 어느덧 한 해의 첫 달의 끝도 겨우 일주일 앞으로 다가왔다. 그리고 방금, 내 핸드폰에서 알람음이 울렸다. 알림창을 보고, 순간 소리를 지를 뻔했다. 월요일이라 아직도 잠이 덜 깬 건가 생각했다.

- "서혜지니♥" 님에게 메시지 1건이 도착했습니다.

세상에. 아직도 대학생 때 설정한 혜진이의 메신저 닉네임이 그대로이다. 왜 지금 본 걸까. 조금 오글거렸다. 하지만 그 감정도 잠시 설렘 반 두려움 반의 마음을 가지고 핸드폰에 뜬 안내창을 눌렀다.

- 이진아. 답장이 늦어서 미안해. 저번에 우리 그 백반집에서 만났을 때, 네가 언제 같이 술 한번 마시자고 했었지? 금요일 퇴근하고 하는 거 어때? 너나 나나 할 얘기 많을 것 같은데.

드디어 기다리던 순간이 왔다. 마치 좋아하는 사람에게 데이트 신청을 했다가 오랜 시간 끝에 같이 밥 먹자고 연락이 왔을 때 드는 감정이다. '기쁘다, 행복하다'라는 말로는 절대 형용할 수 없는 감정이다. 내가 끝도 없이 문을 두드리는 소리를 혜진이가 드디어 들어준 것이다.

마침내 금요일, 혜진이와 만나는 날이 다가왔다. 항상 금요일에 퇴근하면 기쁨과 동시에 엄청난 피로가 몰려왔는데, 이상하게 오늘은 발걸음이 가벼웠다. 어쩌면 당연한 것인지도 모른다. 그토록 만나고 싶던 사람을 만나는데, 피곤함이 생길 순간조차도 없다.

혜진이와 만나기로 한 식당에 도착했다. 그곳은 7,000원짜리 저렴한 백반집. 내 단골 가게이다. 혜진이는 이곳에서 오랜만에 날 보고는 다시 오지 않았던 것 같은데. 예상치도 못하게 이곳을 약속 장소로 정했다.

가게 안에는 사람이 거의 없었다. 혜진이도 없었다. 아직 퇴근을 안 했나 보다. 그때, 문자가 한 통 왔다.

- 미안! 지금 퇴근했어. 지금 거의 다 와 가니까 주문 좀 해줄래? 나는 기본 정식으로 부탁할게.
- 응! 천천히 와~

혜진이가 먹을 것까지 주문하고 5분쯤 흘렀나. 어디선가 청명한

종소리가 울리더니 가게 문이 열렸다. 남자 두 명이 들어오고 뒤이어 들어온 사람은… 혜진이었다. 날 보고는 잠깐 흠칫하더니 이내 내 앞에 앉았다. 때마침 주문한 음식이 나왔다. 일단 배는 채우고 얘기하는 편이 좋을 것 같아서 먼저 말은 안 꺼냈다. 다행히도 혜진이도 나와 같은 생각인 것 같았다.

밥을 다 먹고 나서 막걸리를 시키는 게 어떠냐고 묻는 혜진이에게 좋다고 답했다.

뽀얀 막걸리가 나와 혜진이 앞에 놓인 술잔에 차례대로 채워지고, 드디어 묵혀 두었던 이야기를 꺼낼 때가 온 것 같다. 일단 막걸리를 한 잔 마시고 입을 뗐다.

"이진아……."

혜진이의 입에서 먼저 말이 나왔다.

"나는… 좀 무섭더라고……."
"뭐가?"
"그때… 우리 둘 다 철이 없던 그때……. 그때는 난 그게 이렇게 오래 이어질 줄은 상상도 못했는데……. 그래서 널 여기서 오랜만에 만났을 땐, 정말 미안하고 또 무섭기도 하고… 그래서 너랑 눈을 못 마주쳤어."
"……, 그때 네가 날 때렸으면 넌 나한테 미안해해야 하는 게 맞지만, 아니잖아. 서로 말로… 말로 상처준 거지. 물론 그것도 폭력이 될 수 있지만. 어쨌든 나한테 그렇게 안 미안해했으면 좋겠어. 네가 자꾸 미안하다고 그러면 나는 너한테 더 미안해지거든."

"네가 왜… 먼저 너한테 태클 걸었던 건 난데……."

"싸움의 시작은 중요하지 않아. 어떻게 마무리하느냐가 중요한 거지. 우린 마무리가 너무 늦어졌어. 지금이라도… 난 괜찮으니까 너도 괜찮으면 마무리 지을래? 그리고 난 너무 아깝거든. 이렇게 실력 있는 디자이너가 내 친구라고 어디 가서 자랑도 좀 하는데 말이야."

혜진이는 밝은 웃음을 터트렸다.

"아하하, 그래, 맞아. 나도 잘나가는 디자인 회사 이사가 내 친구라고 자랑하려면… 길고 길었던 갈림길을 이어야겠지? ……. 으악, 나 방금 말 너무 느끼하지 않았냐?"

"어. 갈림길에 버터 발라놓은 줄."

혜진이는 또다시 밝은 웃음을 터트렸다. 그 웃음을 보고 나도 덩달아 웃을 수밖에 없었다.

사람은 많은 종류의 웃음을 짓는다고 생각한다. 너무 어이없거나, 상대방에게 잘 보여야 하거나, 애써 웃음 지어야 하거나. 이러한 경우들은 웃어도 웃음 같지 않다. 하지만 웃음을 짓게 되는 이유가 즐겁고 행복할 때 짓는 웃음이라면 그건 반드시 아끼고 사랑하는 사람과 있을 때라는 당연한 사실을 나는 오늘 다시 깨달았다.

혜진이와 함께 백반집을 나와 가로등이 켜진 추운 겨울 밤거리를 같이 걸었다.

"야, 방방이."

"왜, 서혜지니."

"솔직히 말하자면… 그때 우리 같이 만든 졸업 작품 있잖아… 그거…….."

"알아! 나도 알아! … 저번에 집 청소할 때 우연히 다시 봤는데… 분쇄기에 갈아버리고 싶더라……. 야, 근데 네 디자인은 그땐 되게 이상하다고 생각했는데 지금 보니까 너무 예쁘던데? 소름 돋았잖아."

"내가 유행을 앞서가긴 하지. … 조금 많이…?"

"넌 거의 6, 7년이라는 세월을 앞서간 거잖아. 솔직히 그 정도면 타임머신 타고 미래 갔다가 온 거야…….."

"그때 네가 내 디자인 처음 봤을 때 뭐라고 했더라…. 아, 기억이 안 난다. 몇 년 전까지만 해도 기억났었는데…….."

"넌 밖에 안 나가냐? 세상에 누가 옷을 그 꼴로 입고 다니냐?!"

"아~ 맞아! 지금은 여기 있는 대부분에 네가 말한 그 꼴로 입고 있지만."

"그리고 네가 나한테 말했지. 네 디자인은 그냥 천이나 마찬가지 잖아! 그걸 사람이 어떻게 입냐?!"

"아, 그걸 아직도 기억하고 있다니…….. 나 너무 미안해지는데…….."

"야… 뭔 소리야… 진짜 하나도 안 미안해 보이거든?!"

"너 관상 볼 줄 알아? 어떻게 알았어?"

"얼굴이 웃고 있고만, 뭘!"

다신 꺼낼 일도, 꺼내기 싫던 말도 오늘은 술술 나왔다. 이상한 일이다. 꼬인 실을 풀기만 했다고 옷이 잘 짜이진 않는 것처럼, 나도 우리가 이렇게 대화를 나누고, 서로를 용서했을 때쯤엔 조금 어색해지리라고 생각했다. 하지만 지금 이 상황은 내가 생각한 것과 완전히 정반대인 상황이다. 하지만 나쁘지는 않다. 정반대라서 오히려 좋다.

"그나저나, 회사에서 너 며칠 전부터 왜 자꾸 나한테 말 걸었던 거야? 진짜 당황했다고."

"아~ 사실은 누가 그러더라고, 쓸데없는 대화도 만날 때마다 계속하면, 네가 나에 대한 나쁜 감정을 잊을지도 모른다고 그랬나… 아닌가 이런 말은 없었나… 뭐, 이런 비슷한 말을 해주더라. 그러는 넌 내가 말 걸면 피할 줄 알았는데, 계속 받아주던데?"

"나도 누가 그러더라고. 쓸데없고 별로 중요하지 않은 말도 재미있게 주고받는 게 친구라고."

나는 저번에 백반집 근처 식당에서 혜진이를 봤을 때, 같이 있던 그 여자가 떠올랐다.

"혹시 우리 두 번째 만났을 때, 네 앞에 앉아있던 그분이……."

"아, 정 팀장님?"

"그래! 정유진 팀장이라고 그랬었지. 너 그때 화장실 가고 나서 잠깐 얘기 나눠봤는데, 진짜 괜찮은 사람인 것 같던데? 진짜 한 2, 3분 정도 얘기했는데 느낌이 딱 오더라. 진짜 좋은 사람이구나 하고."

"후후, 우리 팀장님이 좀 그렇지. 내가 진짜 우리 팀장님 덕분에 출근한다… 팀장님 없었으면, 나 진작에 이 일 그냥 다 때려치웠을 수도 있었어. 우리 팀장님이 얼마나 대단하시냐면, 저번에 우리 팀 막내가 실수로 디자인 파일을 날렸는데, 팀장님이 뭐라고 하셨게?"

"뭐라고 하셨는데?"

"'오랜 시간 동안 만들었지만, 팀원 모두가 조금씩 마음에 안 들었었는데 새로 만들까 말까 고민하던 참에 잘 지워졌네요! 좋아요. 다시 열심히 만들어 봅시다!' 이렇게 말씀하셨다고…….."

"그냥 해탈해서…….."

혜진이가 째려보는 눈빛을 보냈다.

"…가 아니고! 진짜 세상에 그런 팀장님이 또 어딨으려나 몰라~"

"심지어 다시 만든 디자인을 사장님이 칭찬을 엄청나게 해주셨다니까? 인성도 좋은데 실력도 좋아. 아, 너… 우리 팀장님한테 스카우트 제의라든지 그런 건 생각하지도 마라."

"앗, 들켰다. 엄마한테 전화하려던 참이었는데… 아쉽다…….."

"어머니? 어머니한테 전화는 갑자기 왜 해?"

"뭐야, 몰랐어? 우리 엄마 내 상사잖아."

"잠깐만, 그러면… 대표?"

"뭐야, 내가 말 안 해줬었나?"

"그럼… 내 디자인 보셨겠네?"

"무슨 디자인?"

"왜, 있잖아! 우리 회사랑 너희 회사랑 공동 주최한…….."

"아~ 그거! 우리 엄마랑 너희 회사 대표님이랑 또 몇몇이랑 보더라. 나도 심사했다? 금, 은, 동은 아니고 입상이지만."

혜진이는 아직도 우리 엄마가 내 상사라는 게 믿기지 않는 것 같이 보였다.

"근데 너 진짜 잘했던데? 모델 말고 내가 입고 싶더라 그 디자인."

"그래봤자 아슬아슬하게 동상이잖아."

"야, 상에 이름이 있어도, 그건 그렇게 중요하지 않아. 뭐라도 받긴 받았잖아? 그럼 된 거지! 그리고 내 눈에는 네 디자인이 최고야."

"… 뭐야, 오글거려……. 암튼, 고마워……."

사이가 멀어진 후에는 어떻게 지냈었는지 한참 이야기하다 보니 어느새 혜진이의 집 앞에 도착했다.

"자… 그럼, 월요일에 회사에서 보자! 조심해서 가~"

"그래……. 아, 맞다 혜진아!"

"응?"

"예나 지금이나 나한테는 네가 최고의 디자이너야. 최고의 친구이기도 하고. ……. 그냥, 넌 나한테 정말 소중한 친구라는 거 잊지 않아 줬으면 해서……."

혜진이가 예쁜 미소를 지으며 말했다.

"고마워, 정말로."

오늘 참 많은 일을 했다. 조금 더 구체적으로 말하면 참 많은 말을 했다.

말이라는 것은 참 신기하다. 하면 할수록 상대방이 나에게 관심을 가지게 할 수도 있으며, 잃었던 것을 되찾을 수 있기도 하다. 하지만, 입술 사이 작은 구멍 안에서 날카로운 송곳 같은 말이 튀어나오면, 그 송곳이 박힌 곳을 빼내고, 구멍을 메우기가 정말 힘들다. 그리고 그 구멍이 메워지면, 구멍이 있던 자리는 더 단단하고 견고해진다. 말의 힘이란, 참 대단하고도 무섭다. 사람의 마음을 쥐락펴락하고, 메웠다가도 다시 뚫어버리기도 하니까.

- 서혜진 -

상담소를 다녀온 이후로 내가 이진이를 대하는 태도도 바뀌었지만, 이진이도 나를 대하는 태도가 정말 많이 바뀌었다. 눈만 마주치면 대뜸 인사를 하질 않나, 어제저녁에 집에 가다가 귀여운 고양이 두 마리를 봤다느니, 백반집에 새로운 반찬이 나왔는데 간이 좀 짰다느니……. 너무 쓸데없는 얘기라 굳이 대꾸를 해줘야 하나 싶었지만, 그럴 때마다 로아 씨의 말이 떠올랐다. 계속해서 대화해야 서로의 마음을 알 수 있고, 다시 친구가 될 수 있는 발판이 생긴다는 말. 쓸데없는 말이라도 주고받는 게 친구라는 말이 계속 머릿속에 맴돌아서 무시할 수 없었다.

이렇게 대화한 지 일주일 정도 됐을 때였나. 문득 지난달에 혜진이가 공모전 동상을 받은 것을 축하해줬던 문자가 떠올랐다. 그러고 보니 나는 이진이의 문자에 답장하지 않았다. 오히려 안 하길 잘했던 것 같다. 만나서 얘기하자고 할 명분이 있어야 했는데. 나는 핸드폰을 들었다.

 - 이진아. 답장이 늦어서 미안해. 저번에 우리 그 백반집에서 만났을 때, 네가 언제 같이 술 한번 마시자고 했었지? 마침 내일 금요일이니까 퇴근하고 하는 거 어때? 너나 나나 할 얘기 많을 것 같은데.

설렘 반, 걱정 반으로 답장이 오길 기다렸다. 그리 오래 지나지 않아, 핸드폰 알람이 울렸다.

 - "방방이♥" 님에게 메시지 1건이 도착했습니다.

이럴 수가. 아직도 대학생 때 설정해 놓았던 이진이의 메신저 닉네임을 바꾸지 않았다. 하지만 그 오글거리는 발견도 잠시, 나는 떨리는 마음으로 핸드폰 알림창을 눌렀다.

- 답장이 없어서 번호 차단했나 생각했었는데, 다행이다. 나는 언제든 좋아! 네 시간 맞춰서 장소랑 약속 시간 알려줘~

갑자기 이진이가 단골 가게라던 백반집이 생각났다.

- 내일 금요일이니까, 퇴근하고 그 백반집에서 볼래? 한 7시 전까진 갈 수 있을 것 같아.
- 좋아. 그럼 내일 보자~

후……. 잘 된 건지, 잘 된 것처럼 보이는 건지 모르겠다. 그래도 하나는 확실하다. 내일이 기대된다는 생각은 거짓이 아니다.

드디어 금요일. 언제나 신나는 퇴근을 하고, 시계를 보니 6시 58분이었다. 조금 늦을 것 같아 이진이에게 먼저 주문해달라고 부탁했다. 그리고 5분 뒤, 나는 백반집에 도착했다. 때마침 음식이 나오고 있었다. 조용히 자리에 앉아 밥을 먹었다. 마치 도서관에서 사람들이 들을까 조심조심 먹는 그 느낌이었다. 둘 다 밥을 다 먹고 나는 이진이에게 용기를 내어 물어보았다.

"마… 막걸리 마실래?"

사실 원래 하려던 말은 '마지막으로 이렇게 마주 앉아서 얼굴 본 게 벌써 몇 년 전이지?'였다.

그렇게 얼떨결에 막걸리를 한 잔 마시고, 두 잔을 마시며 막걸릿병 속의 줄어가는 막걸리를 바라보기만 했다.

　그리고 막걸리를 다 마셨을 때, 약간의 술기운이었는지, 전혀 망설이지 않고 그날 일에 관한 이야기를 꺼냈다. 이진이도 무슨 이야기를 할지 짐작하고 있었는지, 그날에 대해 많은 이야기를 했다. 그리고 마침내, 우리의 갈림길은 끝을 맺었다. 나는 술에 약해서, 막걸리 한 병을 다 마시면 조금 어지러워진다. 그래서 정말 안타깝게도, 백반집에서 무슨 이야기를 했는지 기억이 나질 않는다. 흐릿하게 기억날 뿐이었다. 하지만 정확히 기억나는 것은 하나 있다.

　백반집을 나와서 헤어지려는데 이진이가 아직 내가 많이 비틀거린다고 해서 데려다주기로 했다. 집으로 가는 길에서도 이런저런 수다가 끊이질 않았다. 그리고 마침내 집에 도착했을 때, 이진이가 옅은 미소를 지으며 말했다.

　"예나 지금이나 나한테는 네가 최고의 디자이너야. 최고의 친구이기도 하고. ……. 그냥, 넌 나한테 정말 소중한 친구라는 거 잊지 않아 줬으면 해서……."

　사실 나는 동상 같은 애매한 상보다는 금상이나 은상이 받고 싶었다. 무슨 말을 했는지는 잘 모르겠지만, 아마 동상은 금상이나 은상처럼 멋있어 보이지 않는다, 동상이나 입상이나 도토리 키재기인 것 같다고 말했던 것 같다. 이 말을 듣고 이진이가 위로를 해주기 위해 자신에게는 내가 최고의 디자이너라고 말한 것이 아닐까 추측해본다.

그리고 최고의 친구는… 말 그대로겠지. 소중한 친구……. 한때 우리는 서로가 절실히 필요한 소중한 친구 사이였다. 그리고 친구든 가족이든 연인이든 서로를 생각하는 마음이 한 번 삐뚤어지면, 다시 원상태로 되돌리기가 힘들다. 하지만, 이진이에게 내가 최고의 친구라면, 이진이는 나와의 우정을 한 번도 꺾지 않았다는 것이다. 이진이가 나와 같은 마음을 먹은 것이 참 다행이라는 생각이 든다. 나 또한 절대 우리 사이의 우정을 꺾지 않겠다고 마음먹었었기 때문에 우리가 다시 친구가 되는 것이 그렇게 어렵지 않았다.

친구라는 건, 어떨 때는 잠시 스쳐 지나갈 것 같은 존재로 느껴지기도 한다. 오랜 시간이 지나면 서로를 잊고 점점 자연스럽게 사이도 멀어지겠지, 그렇게 한참을 서로를 잊고 지내겠지 라는 생각이 무의식중에 들기도 한다. 그래도, 언제 헤어지고 또 언제 다시 만나게 될지는 모르지만 친구와 함께 있는 이 시간을 잊지 않고 기억하고 싶다. 몇 년이 지나도 어느 순간에 우리가 다시 만난다면, 우린 둘도 없는 친구였다는 걸 증명할 수 있는 것은 오로지, 겁 없고 철도 없던 시절에 우리가 함께 웃고 떠들던 그때의 모습뿐이다. 그래서 나는 우리가 언제 또 어떤 이유로 인해 헤어짐을 맞이하게 될지 모르기 때문에 이 순간을 오랫동안 기억하고 싶다. 우리가 다시 만나게 되는 날까지. 그리고 다시 만나는 날에는 반갑게 인사할 수 있기를 바란다. 되도록 그날이 천천히 왔으면 좋겠다. 아주 먼 미래의 일이라면 더 좋을 것 같다. 나와 이진이 사이의 견고한 우정과 행복을 가능한 오랫동안 가지고 싶기 때문이다.

성공과 우정 사이

- amethyst

벌써 2월이다. 아직 한 해가 다 지나가려면 열 달이나 남았지만. 내가 이곳을 떠나기까지는 다섯 달 정도만 지나면 된다. 막상 떠날 생각을 하니 좀 아쉬운 기분도 들었다. 그간 많은 사람을 만나며 배운 것도 많고, 느낀 것도 많았다. 사실 내가 그들에게 준 것은 거의 없었다. 그들 스스로가 자신을 가꾸고 돌보았기 때문이다. 다른 사람의 조언을 듣는 것도 중요하지만 더 중요한 것은 실천이다. 아무리 좋은 조언을 듣는다고 해도 실천하지 않으면 죽은 말에게 찬송가를 부르는 것과 다를 바 없다. 어쨌든 이 나라를 떠난다는 생각을 하기엔 아직은 너무 이르다. 아직 다섯 달이나 남았고, 나는 끝까지 사람들에게 조금이나마 도움이 되고 싶다.

2월의 시작을 알리는 오늘, 2월의 탄생석인 자수정을 진열장에서 조심스럽게 꺼내어 상담소 문 앞에 걸어두었다. 미래에는 이런 보석에 큰 신경을 쓰지 않을지도 모르겠지만 내가 살던 시대에서 보석이

란, 부를 상징하기 때문에 귀족들의 소중한 재산이었다. 수많은 자수정 종류 중에서 특히 보랏빛이 나는 자수정은 채집하기가 어려워서 많은 귀족이 이 땅에 존재하는 모든 광산을 엎더라도 가지고 싶어 했다. 그래서 많은 노예가 귀족들에 손에 끌려가서 제대로 돈도 못 받고 일하기도 했다. 다행히도 폐하께서 그 귀족들에게 엄벌을 명하셨다. 또한 자수정은 폐하의 왕관 장식에도 있었으니 자수정의 가치는 충분히 인정된 바이다.

나도 생일 선물로 받은 자수정 반지가 있었다. 하지만 황실 기사 임명장을 받은 이후로 그 반지는 다른 반지들과 팔찌들, 드레스들과 함께 싼 값에 팔았다. 기사에게 화려한 반지와 팔찌, 드레스는 필요하지 않다고 생각했었기 때문이다. 그것들을 판 돈으로 좋은 무기를 사거나 제련하는 데 썼었다. 부모님은 내색은 안 하셨지만 아쉬운 눈치였다. 내가 사치스러운 것들을 모두 팔 때, '그리 값지고 화려한 것이 너에게는 칼보다 못하구나.'라는 눈빛을 보내셨다. 하지만 전혀 동요하지 않았다. 내가 할 일은 적과 싸워 이기고, 백성들과 나라의 안전과 평화를 위해 힘쓰는 것이다. 그 이상도 그 이하도 없다.

1월에는 운명보다 더 깊은 우정을 가진 내담자 두 명을 만났다. 그 둘의 오해는 잘 풀렸으려나 모르겠다. 약간 걱정도 되면서 설레기도 했다. 만약 그 둘이 다시 친구가 되었다면 무척이나 기쁘겠지만, 그렇지 않다면 내가 그때 조금 더 좋은 조언을 해줬어야 했다. 뭐, 내가 계속 상담소 안에 있는 이상, 어떤 상황인지는 도통 알 길이 없다. ……. 내가 어쩌다가 남의 사정에 이렇게 깊은 관심을 가지게 된 것일까…….

- 딸랑

2월의 첫 내담자가 상담소의 문을 열었다.

"안녕하세요, 상담 받으시려면 이쪽으로 앉아주시면 돼요."

그녀는 조용히 자리에 앉았다.

"저는 서로라고 합니다. 상담사고요."
"아, 저는……."

그녀가 말을 하려고 하자 눈앞이 일렁였다. 목걸이가 또 반짝였다. 눈앞에 보이는 장면은… 세 명이 한 자리에서 언성을 높이며 말다툼을 하고 있다. 그녀의 눈에는 살짝 눈물이 고여 있었다. 하지만 흐르지는 않았다. 그녀의 앞에는 그녀보다 훨씬 나이가 많아 보이는 남녀가 앉아있다. 부모님인가…….

10초가 지나고 내 눈앞에서 일렁이던 장면은 온데간데없다. 그리고 내 앞에 꼿꼿이 허리를 세우고 있는 한 여자가 나에게 말했다.

"강지인이라고 합니다."

"강지인 님……. 그럼, 어떤 일이 있으셔서 찾아오신 건가요?"

"전 어릴 적 꿈이 직업 군인이었어요. 지금도 그렇고요. 한 번도 바뀐 적이 없어요. 꼭 군인이 되고 싶어요."

"와~ 진짜 멋질 것 같아요! 제복을 차려입고 있는 늠름한 모습, 지인 님이랑 잘 어울릴 것 같은데요?"

"하하, 감사합니다. 저희 부모님도 그렇게 생각해주셨으면 좋았을 텐데……."

"……. 부모님이 지인님의 꿈을 반대하시는군요……."

"네. 그래서… 제발 도와주세요! 전 진짜 이 직업 말고 다른 직업은 생각해 보지도 않았어요. 근데 부모님이 그렇게 반대하실 줄은 몰랐어요……. 사실 저희 아버지도 군인이셨어요. 저는 군복을 입은 아버지가 세상에서 가장 멋지고, 그 누구보다 훌륭해 보였어요. 아버지는 제 꿈이었고, 자랑이었어요. 게다가 아버지는 엄청 가정적이셔서 더 자랑하고 싶은 아빠였어요. 그런데……."

"그렇게 존경하던 아버지가 지인 님의 꿈을 반대할 거라고는 생각도 못했던 일이었죠?"

"맞아요. 아버지는 외동딸인 절 엄청나게 예뻐하시고, 항상 귀한 딸이라면서 한시도 눈을 떼지 않으셨어요. 그래서 저는 당연히 아버지가 제 꿈도 응원해주실 거라고 믿었고요."

"지인 님, 엄청나게 충격을 받으셨겠네요. 약간 배신감 같은 것도 들고……."

"맞아요, 맞아요. 이상하게 배신감이 들었어요. 어떻게 아버지가 내 꿈을 반대하시는지 이해도 잘 안 되고……. 그래서 저는 제가 지

금 불효를 저지르고 있는 걸까 하고 생각한 적도 있었어요. 아버지
도 물론이고 어머니도 반대하시는데 고집만 피우면 그게 불효가 아
니면 뭐겠어요……."

"……. 저도 그런 적이… 있었어요."

이 얘기를 해도 될지 모르겠지만, 그녀의 이야기는 나와 너무 비
슷한 이야기였기 때문에, 꺼낼 수밖에 없었다. 하지만 황실의 기사라
고 말하면 이상한 사람이 될 것 같아서 살짝 바꿔서 말하기로 했다.

"저도… 상담사가 되고 싶었어요. 부모님은 돈도 잘 안 되고, 내
담자가 불만을 품고 욕이라도 하면 네 마음이 견딜 수 있겠냐고 하
셨어요. 하지만 지인 씨도 아실 거예요. 한 번 확실하게 정한 꿈은 어
떤 힘에 부딪히더라도 절대 변하지 않아요. 가난이 와도 돈을 주면
서 하지 말라고 해도 끄떡하지도 않죠. 사실 한 번 정도는 마음이 흔
들리기는 흔들리겠죠. 하지만 아주 조금이에요. 부모님이 눈물을 흘
리시면 그땐 반사적으로, 순간적으로 마음이 흔들려요. 인간은 날 때
부터 감정의 동물이잖아요. 누가 눈물을 흘리면 내가 잘못한 것 같
고, 내가 사과해야 할 것 같고, 내가 생각을 바꿔야 할 것만 같죠. 그
래도 버텼어요. 저는 제 꿈을 이루고 싶은 욕구가 감정을 눌러버렸
거든요. 부모님도 제 꿈에 대한 확신이 너무 단단하다는 걸 알고, 몇
주 동안 싸운 끝에 허락하셨죠. 그래서 지금 제가 지인 씨를 비롯한
많은 내담자분들을 만날 수 있게 되었죠."

"그럼 마음이 강해야 할까요?"

"꿈을 이루겠다는 마음은 그 무엇보다도 강하고 단단해야 하겠죠. 그렇다고 마음의 문을 닫고 남을 차갑게 대하면 안 되는 거, 잘 아시죠?"

"그럼요. 이 세상과 인간에겐 강해야 하는 게 있고, 약해야 하는 것도 있으니까요."

그녀의 말에 동의한다. 세상과 인간에겐 강해야 하는 그것과 약해야 하는 것이 있다. 기사 로벨리아 펠릭스 이전에 그냥 인간 로벨리아 펠릭스였을 때 아버지는 강점과 약점을 잘 정하는 것도 중요하다고 하셨다. 물론 그건 내가 정하고 싶은 대로 정해지는 것은 아니지만, 최소한 노력은 해봐야 한다고 말씀하셨다. 예를 들어, 아버지는 할아버지의 대를 이어, 훌륭한 황실 기사가 되기 위해 할아버지께 7살부터 매일같이 올바르게 칼을 잡는 방법과 방어술, 공격술을 차례대로 배워오셨다. 그래서 아버지의 강점은 칼을 능숙하게 잘 다루시는 것이다. 이건 자연적으로 생긴 것이 아닌 노력의 결과이다. 하지만 아버지는 검술 연습을 하다 칼에 베여서 그 흉터가 아직 몸에 많이 남아있다. 가끔 보면 칼을 차고 다니는 위험한 도적 같아 보이기도 한다. 심지어 아버지의 친구분들조차 처음에 우리 아버지가 돈 많은 해적인 줄 알았다고 말했던 적이 있다. 이렇듯 아버지에 대해 잘 모른다면 사람들은 아버지를 오해하기 쉽다. 이것이 아버지 스스로가 생각하시는 약점이다. 노력의 결과니까 영광의 상처라면서 슬쩍 넘어가시긴 하지만.

"부모님을 어떻게 설득하셨어요? 제가 가져야 할 마음가짐은 잘 알겠는데, 이제 부모님이라는 큰 산이 하나 남았거든요⋯⋯."

"저는⋯ 그냥 지겹도록 외쳐댔어요. 기⋯ 아니, 상담사가 제 천직이고, 다른 어떤 일도 나를 행복하고 즐겁게 하는 일은 없다고 계속 외쳐댔어요. 결과는 성공했지만, 이 과정은 좋은 과정이었다고 할 수는 없어요."

"어째서요?"

"음⋯⋯. 지인 씨, 방패와 방패끼리 부딪치면 어떻게 될까요?"

"그야⋯ 맞고 튕겨 나가겠죠."

"당연히 그렇겠죠. 방패 뒤에 있는 사람들은 전혀 다치지 않겠죠? 그렇게 계속 부딪히기만 하면 어떻게 될까요?"

"음⋯⋯. 결국엔 지쳐서 싸움이 끝날 것 같아요. 방패 뒤에 있는 사람은 전혀 타격을 받지 않고 체력만 떨어지니까, 끝이 안 나잖아요. 체력 좋은 사람이 이기겠죠."

"맞아요! 정말 정확하게 말씀하셨어요. 지인 님 말씀처럼, 부딪히기만 하면 서로 힘들기만 하고 싸움은 지겹도록 길어질 뿐이에요. 결국 둘 중 하나가 지쳐서 끝나죠. 제가 부모님께 했던 설득의 방법이 이거예요. 강한 두 의견이 서로 부딪히기만 할 뿐, 그렇다 할 다른 해결책도 없이 무턱대고 부딪히기만 했잖아요. 결국 그 방패 싸움의 끝은 체력 좋은 제가 이기기는 했지만 아직도 후회돼요. 칼처럼 날카롭더라도 방패보다는 확실하게, 그렇게 한 번에 설득시켰다면 서로 마음에 상처가 많이 생기지는 않았을 거예요. 제 마음에도 상처가 생겼는데, 부모님의 마음은 또 어떻겠어요. 자식이 너무 하고 싶어 하는데, 그렇다고 허락해 주려니 걱정되고. 얼마나 답답하시겠어요. 그 고민을 끊어주는 게 지인 님의 날카롭고 확실한 칼이죠."

"그러니까 부모님의 마음을 한 번에 확 사로잡을 만한 강력하고 날카로운 어떤 것이 있어야 한다… 는 거죠?"

"네! 자기 주장만 계속 얘기하다 보면 결국엔 서로에게 상처만 줄 뿐이에요."

"그 말이 맞는 것 같아요. 지금까지 그냥 제 꿈은 오직 군인 하나뿐이라는 말만 되풀이했던 것 같아요. 이 직업을 가져야 하는 별다른 이유도 없었고……. 이제 문제점을 잘 알 것 같아요!"

"다행이네요. 지인 님은 저처럼 부모님과 싸우지 않고도 지인 님이 바라는 지인 님의 모습을 가꾸어 나가셨으면 좋겠어요. 마음에 상처가 겉으로는 드러나지 않아도 꽤 오랜 시간 동안 아물지 않거든요."

"네. 그럼 제가 로아 님이 쓰지 못한 칼까지 완벽하게 쓰고 올게요! 그래도 되죠?"

"하하, 당연하죠! 꼭 제 칼까지 실컷 쓰다가 오세요! 너무 날카롭게 갈면……."

"오히려 상처가 생길 수 있겠죠?"

"잘 알고 계시네요. 그럼, 평화로운 싸움이 되기를 바랄게요."

"네! 오늘 정말 감사했어요!"

2월의 첫 내담자도 밝은 표정으로 상담소를 나갔다. 그녀의 밝은 뒷모습이 마치 행복한 황실 기사 로벨리아 펠릭스의 모습과 비슷했다. 상담을 한 시간은 겨우 30분 남짓. 하지만 매우 친근한 느낌이 들었다. 단순히 기사 로벨리아 펠릭스의 이야기와 비슷한 것도 있지만, 예전 나와 생각도 비슷했다. 그동안 착하고 예의 바른 예쁘고 귀한 외동딸인 내가 부모님의 말씀을 듣지 않고 속을 썩여도 되는지 많이 고민했었다. 심지어 '기사를 포기하면 나는 어떻게 살아야 할까'라는 생각을 할 정도로 마음이 많이 흔들렸었다. 하지만, 이 세상에 내가 행복하게 할 수 있는 일은 칼을 들고 백성들과 폐하와 왕국의 평화를 위해 성실히 싸우는 것뿐이다. 그래서 다시 한 번 마음을 다잡고 부모님과 열띤 토론 끝에 나는 어엿한 기사가 될 수 있었다. 그래서 나와 닮은 점이 많은 그녀는 방패와 방패의 싸움이었던 나와는 다르되 결과는 같았으면 한다. 이루고 싶은 꿈, 하고 싶은 일을 하며 행복하게 하는 것으로 말이다. 뭐, 나는 지금 듣도 보도 못한 미래의 나라에서 전혀 생각지도 못한 일을 하고 있긴 하지만…….

- 강지인 -

아침부터 집이 뒤집혔다. 또 그 소리다. 내 속도 뒤집히는 기분이다.

"아빠가 어릴 때부터 말했었잖아, 넌 미숙아로 태어나서 본래 체력이 약하다고."

"그건 갓 태어났을 때 이야기고, 지금은 태어난 지 20년이 넘고 거의 30년이 다 되어 가는데 신생아 때랑 지금 체력이 같아?"

"아빠 말은 그게 아니지. 너는 태어날 때부터 체력이 약해서, 아무리 체력이 좋아져도 다른 사람과 비교하면 턱없이 모자란다고. 그리고 아빠가 고작 체력 때문에 너 군인 되는 거 말리는 줄 알아? 다……."

"다 그럴 만한 이유가 있으시겠지. 밥맛 떨어질 것 같으니까 그만하세요. 그 이유 설명 안 해주셔도 다 알 것 같으니까."

"야, 강지인. 너 아버지한테 그게 무슨 말버릇이야?"

엄마가 터질 듯이 붉은 얼굴로 말씀하셨다.

"……. 짜증나, 진짜……."
"뭐…? 너, 너 진짜……."
"아침 잘 먹었습니다. 산책 다녀올게요."

어머니는 거기 서라고 말씀하셨지만 못 들은 척하고 그대로 밖으로 나왔다. 집안이 시끄러울 땐 밖으로 나오는 것이 가장 좋은 방법이다.

오늘처럼 이렇게 아침이 시끄러울 때마다 나는 정말 이 길이 나의 길이 아닌가 하고 생각한다. 하지만 이런 생각을 해봤자 다시 군인이 되어야겠다는 마음이 더 굳어진다. 아버지 같은 멋진 군인이 될 것이라고 장담할 수는 없다. 하지만 국민과 나라의 평화와 안전을 위해 일 한다는 단 하나의 다짐을 항상 하셨다. 이런 아버지의 신념에 반해 군인을 직업으로 삼고 싶어졌다.

직업 군인이 되고 싶다고 생각한 순간 이후로, 아버지가 계신 부대로 어머니와 방문했을 때, 부대 안의 모든 것들이 다르게 보였다.

제복을 입은 군인, 부대 마크, 심지어 정돈된 정원수까지 엄청 멋있었다. 어릴 때는 미래의 어른이 된 내가 이 일을 한다면, 과연 어떤 모습일까 하루종일 생각하기 바빴다. 그리고 슬슬 진로를 정해야 할 때가 찾아오자, 내가 하고 싶은 이 일에 대해 하나부터 열까지 밤을 새워가며 찾아보았다. 하지만 미래의 내가 되었으면 하는 모습에 대해 알아 가면 알아 갈수록 점점 나는 이 꿈을 이루기에는 너무나도 모자라고 부족한 사람인 것 같았다. 나의 신체적 조건만으로 내가 좋아하는 일을 하기에는 너무 벅찼다. 점점 나는 직업 군인이라는 직업과 맞지 않는 사람인 것 같았다. 그렇게 다른 직업을 찾아보려고 했다.

하지만 돌고 돌아 나에게 가장 맞는 직업은 군인이었다. 부모님께 군인이 되겠다고 말했다. 딸이 큰 힘을 들이지 않고 앉아서 쉽게 돈을 버는 직업을 두고, 힘하게 몸을 쓰는 일을 하고, 게다가 그것 때문에 다치는 것도 많은 직업을 왜 하려고 하는지 이해가 잘 되지 않으셨던 것 같다.

하긴, 나라도 처음엔 말렸을 것이다. 내가 부모였어도 '조금만 더 공부하면 더 좋은 대학교에도 들어가고, 좋은 직장과 직업을 하질 수 있을 텐데'하고 생각했을 것이다. 하지만 나는 돈이 곧 행복이라고 생각하지 않는다. 행복은 내가 진정 좋아하고 잘 하는 일을 했을 때 느끼는 감정이라고 생각한다.

산책하면서 생각을 많이 했더니 어느새 처음 보는 골목을 걷고 있었다. 다행히 멀지 않는 곳에 내가 사는 아파트가 보였다. 안도의 한숨을 쉰 뒤, 나는 집으로 돌아가기 위해 길을 걸었다. 잡화점, 문구점, 떡볶이 가게 등 다양한 가게들이 많이 있었다. 구경도 하면서 느긋하게 길을 걷다가 어느 한 가게에 시선이 갔다. 화려한 간판 같은 것이 있지도 않은 데 이상하게 눈길이 계속 갔다. 그저 문 앞에 빛나는 보라색 보석만이 눈에 들었다.

그리고 정신을 차려보니, 나는 이미 가게 안으로 들어와 있었다.

진열장 안에는 신기하게 생긴… 돌… 인지 보석인지는 잘 모르겠지만, 신기하게 생긴 것들이 많이 들어 있었다. 그리고 중학생 같아 보이는 한 여자가 보였다. 그냥 키가 작은 사람인 걸까……. 그때 그 여자가 나에게 말을 걸었다.

가게 안의 여자는 자신이 상담사라고 했다. 나도 어쩌다가 이곳에 들어왔는지는 모르겠지만, 일단 상담사라고 하니 밑져야 본전이다 싶은 마음에 내 이름을 얘기했다. 그다음, 그녀는 나에게 무슨 일 때문에 왔냐고 물었다. 요즘 있는 일 중에 굳이 상담받을 만한 일이라면… 부모님과 나의 싸움밖에 더 있겠나…….

사실 친구에게도 상담을 잘 받지 않는 편이라 그다지 좋은 해답이 나올 것이라는 기대는 애초에 버렸다. 하지만 그녀는 내 이야기를 차근차근 듣더니 자신의 이야기도 말해 주었다. 상담사가 되고 싶었던 옛날의 자신과 그걸 반대하시던 부모님의 이야기였다. 결론적으로는 성공했지만, 성공하게 되는 과정이 잘못되었다고 그녀는 말했다. 방패와 방패의 싸움에 비유하여, 주장이 부딪히기만 할 뿐 둘 중 누군가가 지쳐 먼저 주장을 저버리도록 하는 서로가 힘든 싸움이라고 말했다. 그래서 한 번에 내 주장을 밀고 나갈 수 있는 날카롭고 확실한 칼 같은 것이 필요하다고 말했다. 너무나도 명확하고, 확실하며 일리가 있는 해결책에 나는 속으로 당황했다.

그녀에게 감사 인사를 전하고, 그녀에게 용기를 받아 다시 집으로 돌아왔다. 아니나 다를까, 부모님은 집에 들어온 날 보곤 이리와 앉으라고 하셨다. 한숨을 짧게 쉬었다. 짜증이 나서 나온 한숨이 아닌 결심이었다.

장유유서. 아버지가 입을 떼셨다.

"지인아, 아버지랑 어머니는 네가 무슨 일을 하든 나쁜 일만 아니라면 반대하지 않을 거야. 하지만 직업 군인이라는 직업은 너도 잘 알다시피, 위험도 너무 많고 무엇보다 너무 힘들어. 아빠가 몇 년 전까지 군인이었을 때, 아빠는 그렇게 신체적인 활동을 하지 않았는데도 집에 와서 엄청 피곤해했잖아. 군대라는 곳은 말이다, 육체적인 피로뿐만 아니라 정신적인 피로도 엄청나."

뒤이어 어머니가 아버지의 말씀에 맞장구치며 말씀하셨다.

"아버지 말씀이 맞아, 지인아. 네가 어릴 때라서 잘 기억하지 못할지도 모르지만, 아버지가 휴가 때 집에 오시면 피곤해서 매일 잠만 자느라 피곤해서 너랑 못 놀아줬잖아. 그때 네가 엄청 울었는데.

군인이 얼마나 바쁘고 피곤하고 힘든 직업인지 너도 잘 알면서 왜 그런 선택을 하려고 하는지……. 솔직히 엄마, 아빠는 잘 모르겠다."

역시나. 내가 왜 차고 많은 좋은 직업 중에서 굳이 어렵고 힘든 군인이라는 직업이 하고 싶은지 이해하지 못하고 계셨다. 이제 칼을 뽑을 때다.

"아버지."

아버지는 순간 당황한 표정을 지으셨다.

"어, 어… 왜?"
"아버지는 왜 군인을 하신 거예요?"
"그건 왜……."
"그냥요. 궁금해서요."
"어……. 먹고 살기 위한 문제도 있었지만, 할 수 있는데 그것밖에 없기도 했고, 젊었을 때는 힘도 좋아서 군인이 딱 맞는다고 주변 사람들이 자꾸 말하더라고."

아버지의 말씀이 끝나고 나는 어머니가 있는 쪽으로 고개를 돌려 여쭈었다.

"그럼, 엄마. 엄마는 왜 아빠랑 결혼을 하신 거예요? 아빠가 군인이라는 거 아니셨으면 굳이 결혼까지는 안 했을 텐데. 집에 자주 오지도 못하시는데 결혼이 무슨 소용이겠냐는 생각해 본 적 없으세요?"

"그 생각을 어떻게 안 해봤겠어. 당연히 했었지. 근데, 젊을 때는 눈에 콩깍지가 씌어서 그런 사소한 문제는 우리 사랑에 방해가 될 수 없다고 생각해서 결혼했었지."

어머니의 말씀이 끝나자 아버지가 나에게 물어보셨다.

"근데 지인아……. 이런 건 갑자기 왜 묻니?"

"아, 군인이 되겠다는 제 주장에 뒷받침해주는 말을 찾으려고요. 그리고… 이제 정리가 다 됐어요. 제 주장을 말씀드릴게요. 전 군인이 될 거예요. 엄마랑 아빠가 뭐라고 하시든요. 전 절대 안 흔들릴 거예요. 왜냐면 제가 할 수 있는 직업은 군인밖에 없어요. 체력은 부족할지 몰라도, 군인이 체력만 좋다고 되는 건 아니잖아요? 이것저것 따져 봤을 때, 저에게 맞는 직업은 군인밖에 없었어요. 그리고 또 하나, 군인은 힘들고 피곤하고 쉴 날이 없는 직업이라고 하셨죠? 맞아요. 저도 그렇게 생각해요. 제가 군인이 되고 싶은 거지, 피곤하고 힘들어지고 싶어서 군인을 하는 건 아니잖아요? 엄마가 젊을 때 아빠한테 콩깍지가 씌었던 것처럼 저도 군인이라는 직업에 콩깍지가 씌었어요. 힘듦과 피곤함은 당연히 존재해요. 군인이라는 직업을 가진 사람만 느끼는 것들이 아니에요. 모든 사람들이 느끼는 감정이에요. 엄마, 집안일 하면 피곤하지 않으세요? 맨날 저한테 말씀하시잖아요. 엄마가 힘들어 보이면 알아서 도와달라고."

171

"어, 어… 그렇지……."

"그리고 아빠, 아빠도 친구분들이랑 등산 다녀오시면 피곤해서 집에 오시자마자 바로 잠드시잖아요."

"그렇지……."

"봐요, 세상에 안 힘들고 피곤하지 않은 일은 없어요. 그 강도가 다를 뿐이지. 그리고 군인이 되었을 때 힘듦과 피곤함을 느끼더라도 전 포기하지 않을 자신 있어요. 전 직업이라는 단어를 알게 된 순간부터 제 꿈은 군인이었어요. 아빠처럼요. 아빠는 제 어린 시절에 꿈이었고 우상이었어요. 그리고 지금도 여전히 아버지는 제 꿈이에요. 그러니까……. 제발 부탁드릴게요. 저 군인이 되면 지금보다 100배, 1,000배는 더 행복하게 살 수 있을 거예요. 아니, 반드시 더 행복하게 살 거예요. 꿈을 이뤘다는 기쁨이 얼마나 큰지 아버지도 군인이 될 때 느끼셨잖아요."

"……."

"……."

나는 숨을 쉴 틈 없이 말하느라 숨이 차서 숨을 고르고 있었다. 그 사이 두 분은 서로 눈을 마주치고 아무 말씀이 없었다. 그렇게 의미 없는 정적이 시작된 지 1분쯤 되었을 때였다. 아버지가 먼저 입을 떼셨다.

"이렇게 하고 싶어 하는데, 안 시켜주면 지인이 죽어서도 후회할 것 같다. 그렇지 않아, 여보?"

"후……. 너 진짜……. 사귀는 남자한테 잘해줘라……. 그 남자도

이 엄마 꼴 날지도 몰라……."

"아니, 당신 꼴이 뭐가 어때서?"

"지금은 그나마 좋아진 거고! 1년 전만 해도 당신 못지않게 내가 얼마나 힘들었는데! 결혼하고, 애 가지고, 애 키우는 건 내가 다 했지, 그리고……."

"아이고, 알겠어, 알겠어. 그동안 수고 많았어.~"

"거짓말하고 앉아있네. 어쨌든, 지인아… 성격 좋고 가정적인 남자를 만나고, 결혼을 하고 집에 혼자 있어도 잘 먹고 잘 사는 사람을 만나야 한다. 혹시나 애를 낳으면……."

"엄마, 엄마……."

"어, 어. 왜?"

"나 아직 시험도 안 쳤고, 정식으로 군인 된 것도 아니거든?"

"… 어머 내 정신 좀 봐. 그렇네……. 아니, 난 우리 딸이 너무 멋지고 늠름해 보이기에 이미 군인인 줄 알았지~"

엄마가 머쓱한지 손사래를 치시며 말씀하셨다.

"나도! 우리 딸이 이렇게 말을 똑 부러지게 잘하는 줄 몰랐네……. 아기곰 같던 애가 언제 이렇게 커서 자기주장도 이렇게 잘할 줄 알고……. 누구 딸인지 참… 부모들은 좋겠다~"

"아빠까지 오글거리게 무슨 소리야……."

처음이다, 이렇게 평화롭게 이야기를 나눈 적은. 평소 같았으면 다른 사람의 의견은 듣지도 않고 내 주장을 계속 이어나가려고 하니까 두 방패처럼 서로 부딪히고 밀어내기만 했는데, 오늘은 칼을 꺼내었다. 그 무엇도 단번에 자를 수 있고, 한 번에 모든 것을 끝낼 수 있는 존재. 칼은 때때로 무서운 흉기가 되기도 하지만, 때때로 두 방패의 싸움을 단번에 끝낼 수 있는 최후의 수단이며 이로 인해 방패와 방패 사이, 즉, 사람과 사람 사이의 아름다운 평화를 만든다.

나는 아버지께 진짜 군인이 돼서 군대에 들어가면 처음엔 무엇을 하는지 여쭈어보았다. 그랬더니 아버지는 아버지가 40년 전에 입대하고 일주일간의 일들을 모두 말씀해 주셨다. 내 질문과는 조금 빗나가는 말들이었지만……. 하지만 아버지가 해주신 이야기들을 듣다 보니, 하루라도 빨리 군대로 가고 싶었다. 물론 힘든 곳이겠지만, 어린 시절 그곳에서 보고, 배우고, 듣고, 느꼈던 것을 다시 한번 느낄 수 있겠다는 생각에 소름이 돋아왔다.

어머니는 아버지가 군대에 있을 때, 나를 업고 면회 간 이야기를 해주시면서 나중에 남편이 생기면 꼭 잘하라고 하셨다. 아직 남자친구도 없어서 이 추운 겨울 옆구리가 시려운 고통을 참으면서 겨우 살아가고 있는데… 남편이라니…….

가족들과 군대 이야기를 하면서 이렇게 평화롭고 즐겁게 대화한 적이 없었다. 군대 이야기하면 맨날 '너는 군인 하면 몇 년도 못 버티고 그만둘 것이다', '군인 말고 '사' 자 들어가는 직업을 해라'라는 말만 들었는데……. 조금 이색하기도 하다. 갑자기 이런 평화가 찾아오면 당황스럽고, '다시 예전처럼 방패들의 싸움으로 돌아가지 않을까'라는 생각이 들기도 한다. 하지만 이제는 다 알고 있다. 어떻게 하면 방패들의 싸움이 끝나는지, 어떻게 칼을 휘둘러야 평화가 찾아오는지 말이다. 하지만 지금은 싸움이 일어났을 때 어떻게 대비해야 할지보다 갑자기 평화로워진 상황을 어떻게 받아들여야 할지를 고민해야 할 것 같다. 평화야말로 가장 평범한 이야기이기 때문이다.

- 서로아 -

자수정은 성실과 평화의 의미를 담고 있다. 그래서 황제 폐하께서 쓰는 왕관에 자수정이 많은 것일지도 모른다. 왕은 언제나 성실하게 왕국을 위해 일을 해야 하며, 하루하루 왕국이 평화롭게 흘러갈 수 있도록 항상 주의 깊게 살피고, 백성들을 보살펴야 하는 일을 하고 있으니…….

하지만 평화와 성실을 각각 다른 의미로 해석하면, 평화는 보통 이야기. 즉, 평범한 이야기다. 또한 성실은 곡식 같은 것들이 자라서 열매를 맺는 것을 말하기도 한다. 성실과 평화. 즉, 곡식이 열매를 맺는 평범한 이야기이다. 곡식이 열매를 맺는 것처럼 그간 노력이 열매를 맺고, 그것이 성공이라면 그 이야기는 평범한 이야기이다. 따라서 사람이 노력하고 그 노력으로 인해 성공하는 것은 지극히 평범한 이야기이다. 나는 이미 평범한 이야기를 완성한 적이 있다. 내가 로벨리아 펠릭스였을 때, 나는 기사가 되는 평범한 이야기 속에서 살았다. 나는 오늘, 내 이야기와 비슷한 평범한 이야기를 들었다.

나는 어릴 때 아버지가 기사들을 이끌고 훈련하시는 것을 보면서 기사라는 꿈을 키워왔다. 기사 말고는 다른 직업을 생각해본 적도 없고, 여자가 기사를 한다는 허무맹랑하고 무모한 생각은 당장 집어치우라는 소리를 몇 백번을 들어도 나는 내 신념을 바꾸지 않았다. 결국, 나는 강한 신념은 절대 꺾이지 않는다는 것을 사람들에게 몸소 보여주었다. 내가 기사가 됨으로써 나의 꿈은 결과적으로 성공한 꿈이었지만, 나는 다른 이들에게 원하지 않던 시기와 질투를 얻었다. 예전처럼 잘 이겨내 보려고 했지만 마녀사냥을 당해 이곳으로 오게 되었다.

그녀의 상황이 예전 나와 비슷한 상황이어서 더 강한 동정심이 생겼는지도 모른다. 그래서 그녀만큼은, 강지인이라는 사람만큼은 내가 받았던 뜨거운 불 속에서의 고통을 받지 않았으면 좋겠다. 그 느낌은 그 무엇보다도 더 고통스러우며 남겨진 가족들이 평생 마녀의 부모라는 수식어를 달고 살게 만든다. 이보다 더 고통스러운 것이 어디 있을까.

강지인이 상담소 밖을 떠나고 또다시 상담소 문밖을 볼 시간이 되었다.

2월 1일, 아직은 추운 날씨이다. 언제쯤 이 추운 겨울의 끝이 다가올까 생각하다가 누군가가 상체를 웅크리고 종종걸음으로 뛰어오는 것을 보았다. 그 사람은 벌벌 떨면서 상담소 문을 열었다.

"안녕하세요~ 상담받으시려면… 어머……."

"안녕하세요……. 너무 춥네요……."

"지인 님! 무슨 일이에요? 놓고 가신 물건은 없는 것 같던데……."

"아뇨, 아뇨! 물건을 놓고 간 게 아니라요… 혹시 쓸데없는 얘기도 들어주시나요?"

쓸데없는 얘기라니……. 이렇게 추운 날씨를 뚫고 와서라도 할 얘기면 절대 쓸데없는 얘기는 아닐 텐데…….

그녀는 신이 난 상태로 내 앞에 앉아서 말했다.

"로아 님! 전부 다 로아 님 덕분이에요! 정말, 정말 감사합니다!"

"대체 뭐가……. 아, 오늘 상담한 거 말씀이신가요?"

"네! 맞아요! 덕분에 길고 길었던 방패들의 싸움이 아주 평화롭게 마무리됐어요, 감사합니다!"

다행이다. 나와 달리 그녀의 평범한 이야기의 엔딩은 해피엔딩인 것 같이 보인다.

"그럼 지인 님 드디어 군인이 될 수 있는 건가요?"

"네! 드디어… 드디어 부모님 두 분 모두 다 허락해주셨어요! 다음 시험 때까지 열심히 공부해서 한 번에 붙어야 군인 할 수 있다는 조건이 붙기는 했지만요……."

"하하. 그래도 좋게 마무리가 된 것 같아서 저도 기분이 좋아지네요. 그리고 지인 씨라면 꼭 한 번에 붙을 수 있을 거예요."

그녀는 활짝 웃으며 말했다.

"와, 너무 감사해요! 또 이렇게 용기를 얻어가네요."

용기를 얻었다고 말하는 동시에 그녀가 지은 기분 좋은 미소는 기사가 되겠다는 나의 강력한 의지에 결국 부모님이 기사라는 직업을 허락해 주셨을 때, 기뻐했던 나의 표정과 같았다.

"오늘 기분이 너무 좋아서, 친한 친구한테 같이 저녁 먹자고 했어요! 원래 통금 시간이 10시로 정해져 있었는데, 부모님께 친구랑 저녁 먹고 들어오겠다고 하니까 부모님이 11시까지 들어오라고 하셨어요! 그래서 오늘은 친구랑 오랜만에 실컷 놀다가 집에 들어가려고요. 그래서… 로아 님이랑은 오래 못 있을 것 같아요. 집에서 무슨 일이 있었는지 더 자세하게 얘기해 드리고 싶은데……."

"음… 지인 님, 지금 기분이 어떠세요?"

"엄청 행복해요! 이게 성공의 맛이죠."

"지인 님이 행복해졌다면, 저는 다른 얘기는 필요 없어요."

"와, 로아 님, 저 방금 제2의 어머니를 만난 것 같아요."

"아하하, 근데 진짜 전 지인 님이 하고 싶은 일을 하시면서 행복하게 사셨으면 좋겠어요. 그건 모두가 원하는 바람이기도 하고요. 그리고 저는… 지인 님이 옛날의 저 같아서, 옛날 생각도 새록새록 나서 좋았어요. 저도 감사합니다."

"로아 님이 좋았으면 저도 행복합니다. 어때요? 제법 로아 님 같나요?"

"하하, 네, 완전 거울 보는 줄 알았어요."

그리고 우리는 서로에게 빵 터져서 웃을 수밖에 없었다.

그 후 이런저런 얘기를 하다가 점점 해가 중천으로 떠오르자, 강지인은 나에게 손을 흔들며 상담소 밖으로 나갔다. 이렇게 나의 이야기와 닮은 그녀의 평범한 이야기가 평화롭게 막을 내렸다.

행운과 행복 사이

- aquamarine

3월 1일, 따스한 햇살이 반겨주는 계절인 봄이 찾아왔다. 봄은 싱그러운 꽃들과 그 꽃들의 향기가 은은하게 퍼지는듯해 좋다.

그리고 한 달 전, 로벨리아 펠릭스였던 나의 이야기와 비슷한 내용의 상담도 마무리하였다. 이 상담을 포함해 그간 연이은 상담들로 힘이 많이 들어서인지 건강이 나빠지고 있는 것 같긴 하지만 그렇다고 해서 장기적으로 휴식을 가지기엔 사연 있는 내담자분을 그냥 지나쳐 버릴 수도 있을 것 같아 마음이 찝찝해서 그러하지 못하고 있다. 무엇보다 상담을 끝내고 나면 그 특유의 개운한 느낌이 나를 뿌듯하게 만들어 멈출 수가 없다. 그래서 지치긴 해도 다시 힘을 내게 되는 것 같다. 그러니 앞으로의 상담도 열심히 해나가야지.

- 딸랑딸랑

　그렇게 다짐하던 찰나에 또다시 새로운 상담을 알리는 현관 종이 울렸다. 그리고 상담소 문이 열리며 내담자분이 들어오셨다. 내담자분은 남학생이신 것 같았으며 살짝 어두운 피부색에 진한 눈매를 가지고 있었다.

　"안녕하세요. 혹시 여기가 상담을 해주는 곳이 맞나요?"
　"네, 맞습니다. 잘 찾아오신 것 같네요. 전 이 상담소의 소장, 서로아라고 합니다."
　"아, 반갑습니다. 제 이름은 '오마루'입니다. 원래 이름이 '우마르'여서 한국 이름이 오마루예요."
　"그렇군요. 그럼 한국에 오시기 전 어떤 나라에서 살다 오셨나요?"
　"아, 전 이집트에서 살다가 2년 전에 한국으로 왔어요."
　"와, 한국에 오신 지 얼마 안 되셨는데도 한국말 정말 잘하시네요."
　"감사합니다."
　"그렇다면 한국 이름으로 불러 드리면 되나요?"
　"네. 편하신 대로 불러 주시면 돼요."
　"그럼 앞으로 마루 님이라고 말할게요. 마루 님의 나이는요?"
　"14살이요. 내일 중학교 입학해요."
　"오, 축하드려요. 그럼 마루 님의 고민은 무엇인가요?"
　"아, 제 고민은 친구들에 대한 거예요. 앞서 말했듯이 내일부터 새 학기가 시작되잖아요. 게다가 저는 이번에 중학교에 입학하고요.

그래서 모든 게 다 어색하고 낯선데 학교에서 친구들을 잘 사귈 수 있을지가 걱정이에요…….”

학생들이라면 모두 저런 걱정을 해본 적이 있을 것이다. 새 학기에 반 친구들과 잘 어울릴 수 있을까 하는 걱정. 혹시나 말도 못 꺼내어 외톨이가 되지는 않을까 하는 그런 걱정.

“흐음, 길게 듣지 않아도 그 감정 뭔지 알 것 같네요. 그래도 너무 큰 걱정은 안 하셔도 될 것 같아요. 왜냐하면 그런 걱정은 시간이 점차 지나면서 자연스럽게 사라지기 마련이거든요.”

“그렇긴 해도 아무런 준비도 안 해놓은 상태로 우물쭈물하다간 정말 친구 한 명도 못 사귈 것 같아서 불안해요…….”

“흠, 그렇다면 마루 님의 반 친구들에게 뭔가 잘 보일 만한 행동을 하는 것이 어떨까요?”

“잘 보일 만한 행동이요?”

“네. 너무 거창하지 않아도 괜찮아요. 예를 들어 반 전체에게 간식을 돌린다거나, 친해지고 싶은 친구에게 진심을 담아 쪽지를 보낸다거나. 이런 것들로요!”

“아……. 그럼 일단 간식이랑 쪽지 챙겨볼게요.”

그런데 저런 간식이나 쪽지는 조금 흔해서 반 친구들에게 강한 인상을 주기엔 좀 부족한 것 같은데. 또 어떤 게 좋으려나……. 아, 이건 어떨까?

“마루 님, 그 군것질거리랑 쪽지도 괜찮긴 한데 이런 건 어떨까요?”

"네? 뭔데요?"

"자기소개요! 학기 초에는 잠깐의 자기소개 시간이 있지 않나요? 그때 딱 인상을 남기는 거죠. 어떤가요?"

"아, 자기소개……. 학기 초엔 항상 하죠. 괜찮을 것 같긴 한데 뭐 어떻게 해야 하는 건가요?"

"그냥 이름이랑 특징 몇 개 얘기하는 건 좀 뻔하잖아요? 그러니 마루님은 반 친구들과는 뭔가 색다른 느낌의 소개를 해보시는 게 좋을 것 같아요."

"색다른 느낌이라……."

"강하게 인상을 주고 싶으시면 음악을 곁들여서 소개해보시는 건 어떨까요? 특별히 좋아하는 음악 장르가 있으신가요?"

"아, 저 힙합 좋아해요. 그런데 힙합으로 소개하는 건 조금 부끄러운데……."

"지금 부끄럽다고 포기하면 나중에 후회하게 될 수도 있어요. 정말 친구를 사귀고 싶으시다면 이것저것 도전하는 편이 훨씬 나을 거예요."

"아. 그러면 이번에는 한 번 용기 내볼게요!"

"그런 마음 아주 좋아요! 우선 어떻게 자기소개를 할지부터 정해볼까요?"

"아, 네."

"일단 소개할 내용부터 짜봅시다. 어떤 내용이 들어가면 좋을까요?"

"음, 일단 기본적으로 제가 좋아하는 것과 싫어하는 것? 그리고 장래 희망이나 좌우명 같은 것도 들어가면 괜찮을 거 같아요."

"좋네요. 그러면 마루 님이 그것들을 힙합 가사처럼 써주셔야 하는데……. 혹시 작사하는 거 자신 있으신가요?"

"자신만만한 정도까지는 아니어도 조금은 만들 수 있을 것 같아요."

"그럼 저도 작사하시는 거 도울게요. 마루 님은 이거랑 이거 맡아주시면……."

"앗, 네네."

그렇게 나와 마루는 힙합으로 새 학기 자기소개를 만들어나가기 시작했다. 그리 대단하지 않은 평범한 자기소개였지만 모든 정성을 쏟아부어 작사하고 또 했다. 그렇게 오랜 시간이 지났다.

"드디어…… 완성!"

"와! 수고하셨어요, 마루 님."

"에이, 아니에요. 로아 님이 더 고생하셨죠."

"별말씀을요. 그럼 한 번 불러 보실래요?"

"아, 부르는 건 어떤 느낌으로 해야 할까요?"

"그냥 마루 님이 좋아하는 느낌의 멜로디를 추가해서 부르면 괜찮을 것 같아요!"

"제가 좋아하는 멜로디요?"

"네, 지금 시간이 좀 늦었으니까 한 번만 연습하고 돌아가시는 게 좋을 것 같아요."

"네! 한 번 해볼게요."

내 이름은 오마루
원래 이름은 우마르
아빠 이름은 녹차마루
엄마 이름은 체리마루
동생 이름은 호두마루

이집트에서 한국으로 왔지
그리고 이 학교에도 왔지

내가 좋아하는 것은 우정
내가 싫어하는 것은 매정

내 꿈은 래퍼
얼굴도 예뻐
너희들과 친해지고 싶어
앞으로 우리 잘 지내보자!

"와! 마루 님, 진짜 멋있었어요. 가사도 유머러스하게 잘 지으셨고요. 래퍼가 꿈이시라더니 정말 랩 잘하시는데요?"

"하하하, 칭찬 감사합니다. 쑥스럽네요……."

"그럼 이제 슬슬 돌아가 보셔야 할 것 같아요. 내일이 입학식인데 준비할 것도 많잖아요."

"아, 네. 그렇죠. 신경 써주셔서 감사합니다."

"네. 그럼 조심히 가세요."

"네. 내일 아침에 여기에 잠깐 들렀다 가도 되나요?"

"당연하죠!"

"감사합니다! 안녕히 계세요."

- 오마루 -

내일은 기대 반 긴장 반 새 학기가 시작되는 날이다. 알고 있던 친구와 같은 반이 될 수도 있고 모르는 친구와 같은 반이 될 수도 있다. 또 같은 반이 되고 싶었던 친구와 떨어질 수도 있고, 예상하지 못했던 친구와 붙게 될 수도 있다. 누구든 처음 만났을 땐 떨리고 어색할 테지만 내가 어떻게 행동하느냐에 따라 미래가 결정된다. 새 학기는 그야말로 친구와의 관계를 좌우하는 중대한 날인 것이다.

오늘은 3월 2일. 드디어 새 학기 시작이다. 지금 시각은 7시 3분. 마루가 등교 전 잠시 들렀다 간다고 하셔서 아침 일찍 상담소를 열었다. 평소보다 빨리 일어나서 아직 살짝 피곤하긴 하지만 마루 님을 조금이라도 돕는다는 생각을 하면 괜찮아지는 것 같다.

　- 딸랑딸랑

　잠시 후에 상담소 문이 열리며 교복을 입은 마루가 들어왔다.

"안녕하세요, 로아 님."
"안녕하세요, 마루 님! 교복 입은 모습도 잘 어울리시네요."
"감사합니다. 그나저나 오늘이 입학식인데 잘할 수 있을지 걱정
되어서요."
"괜찮아요. 어제 연습하신 대로만 하면 문제없을 거예요. 너무 떨
지 마시고 힘내세요!"
"네. 정말 감사합니다. 그럼 다녀오겠습니다!"
"화이팅!"

　그렇게 마루는 학교로 갔고 난 그런 마루를 마음속으로 간절히
응원했다. 마루가 자기소개를 멋지게 해내셔서 반 친구들과 가까워
질 수 있기를. 그토록 원하던 미래가 다가올 수 있기를.

행운과 행복 사이

- diamond

벌써 4월이 되었다. 마루의 상담을 한 게 엊그제 같은데……. 시간이 참 빠른 것 같다. 나도 시간의 부지런한 면을 본받아야겠다.

- 딸랑딸랑

마지막 상담을 마친 후, 한 달 만에 또 다른 내담자분이 들어오셨다. 단정한 교복 차림으로 보아 지금의 나랑 비슷한 또래의 여학생 내담자이신 것 같았다.

"안녕하세요. 여기는 '내가 가꾸는 나 상담소'입니다. 그리고 전 이곳의 소장인 서로아라고 해요. 상담을 하러 오신 건가요?"
"네, 맞아요."
"성함이 어떻게 되시죠?"

"최은주예요."

"네. 그럼 은주 님이라고 불러도 될까요?"

"아, 네. 그럼 저도 로아 님이라고 부를게요."

"좋아요. 그럼 나이는요?"

"16살, 중학교 3학년이요."

16살이면 꽤 어린 나이인데… 은주는 어떤 고민 때문에 온 걸까?

"무엇을 상담해드릴까요?"

"저…….다름이 아니라 진로 고민으로 상담을 좀 하고 싶어서요."

아하, 학생이라면 누구나 가지고 있을 진로 고민 때문에 상담하러 온 거였다.

"진로 고민이라면 하고 싶은 직업을 못 찾으셨다는 건가요? 아니면 꿈을 이루지 못할 것 같아 걱정되시는 건가요?"

"아뇨, 아뇨. 그런 문제는 아니고요. 제가 되고 싶은 제 미래의 모습이랑 저희 엄마께서 꿈꾸시는 제 미래의 모습이 달라서요."

"은주 님과 어머님 사이에 진로 문제로 의견이 충돌한다는 말씀이세요?"

"네. 저는 미래에 피아니스트가 되고 싶은데 엄마께서는 변호사가 되라고 하세요. 그래야 먹고 살기 편하다고. 그래서 처음에는 그 말씀 듣고 법학 공부만 열심히 했어요. 하지만 저에게는 그 시간이 너무 지루했고 저는 변호사와는 안 맞는다고 생각했어요. 그래서 엄마께 변호사는 나와 안 맞는다고, 피아니스트를 하고 싶다고 말씀드려봤더니 노발대발하시더라고요. '왜 더 잘 살 수 있는 길을 버리는 거냐.', '내 말을 들어야 나중에 후회 없다.' 하시면서요⋯⋯. 전 정말 변호사를 하고 싶지 않은데⋯⋯."

그랬구나. 은주의 심정이 이해가 간다. 소중한 꿈을 이루지 못한다니⋯ 얼마나 억울할까. 그리고 어머님의 심정도 조금은 알 것 같다. 자신의 딸만큼은 고생시키고 싶지 않은, 그러한 어머니의 마음. 하지만 그 마음이 불어나고 또 불어나서 딸의 행복의 영역까지 침범하는 것은 결코 옳지 않다.

"그런데 은주님은 왜 피아니스트가 되고 싶으신 건가요?"
"피아노를 연주할 때면요, 뭔가 마음이 편해져요. 그전에 있었던 안 좋은 일들이 싹 다 잊히는 그런 기분? 그렇지만 엄마께서는 제가 피아노를 연주하는 모습을 별로 안 좋아하셔서 요즘에는 연주한 적이 거의 없어요. 마지막으로 쳤던 게 2년 전쯤인 것 같아요."

나는 은주가 편안히 웃으면서 하는 말을 듣고 조금 깊은 생각에 빠졌다. 나도 상담을 하며 비슷한 느낌을 받고 있기 때문이다. 은주는 피아노를 연주할 때, 나는 다른 사람들을 상담해줄 때 그러한 기분을 느낀다. 나와 비슷한 부분을 발견하니 더욱 이분을 도와드리고 싶었다. 그리고 은주가 피아니스트가 되어 행복해 보이는 모습을 만들고 싶었다.

"그럼 이 상담은 언제부터 시작하면 될까요? 은주 님이 가능하신 시간대로 맞춰서 진행할게요."

"음. 그러면 다음 주 목요일에 만날 수 있을까요? 그날이 제가 일주일 중 유일하게 쉴 수 있는 날이라서요."

"네! 그럼 다음 주 목요일에 이 상담소에서 다시 뵐게요, 은주 님."

"네. 도와주셔서 정말 감사합니다!"

"아뇨, 별말씀을요. 조심히 가세요."

그렇게 나는 또다시 새로운 상담을 시작하게 되었다. 제발 이번 상담은 큰 힘 안 들이고 순조롭게 진행되었으면 좋겠다. 그럴 확률은 낮겠지만 말이다.

그렇게 일주일이 지나고 은주와 재회하기로 한 날이 왔다. 시계를 보니 약속 시간이 대략 2분 정도 남았다. 슬슬 올 때가 되었는데…….

– 딸랑딸랑!

상담소 현관문에 걸린 종이 평소보다 요란하게 울리는 동시에 숨이 많이 차 보이는 은주가 도착했다.

"헤엑……. 안녕하세요. 헥……. 로아 님. 휴……."

"은주 님, 다시 만나서 반가워요! 하지만 이렇게까지 급하게 뛰어오지 않으셔도 되는데……."

"아, 아니에요! 제가 도움받고 싶어서 부탁했으면 시간 약속은 당연히 지켜야죠."

다행히 은주는 책임감이 어느 정도 자리 잡혀 있는 사람인 것 같다.

"그럼 무엇부터 시작하면 될까요, 로아 님?"

"음……. 아, 맞다. 은주 님, 제가 지난주에 부탁했던 건 가져오셨나요?"

"아, 네. 영… 차! 여기요! 이 디지털 피아노 말씀하시는 거죠? 그동안 창고에 묵혀두기만 하고 사용을 안 했더니 건반에 먼지가 좀 쌓였네요, 하하."

"괜찮아요. 상당히 무거우셨을 텐데 고생해 주셔서 감사해요."

"아뇨. 천만에요. 그런데 이 피아노로 뭘 하시게요…?"

"우선 저는 은주 님이 피아니스트가 될 수 있을 만한 연주 실력을 갖추었는지 알아보려고 해요. 혹시 지금 여기서 아무 곡이나 연주해 주실 수 있으세요?"

"여… 여기에서요? 안 친 지 꽤나 오래돼서 자신이 없는데……."

"아무 곡이든 상관없으니 그냥 은주님이 원하시는 곡으로 연주해 주세요."

"음……. 그럼 제가 예전에 피아노 콩쿠르에서 쳤던 곡을 연주해볼게요."

"네. 좋아요! 준비되실 때까지 기다릴게요."

"앗, 네!"

- 털썩

은주는 피아노를 연주하기 위해 의자에 앉았다. 그리고는 '뚜두둑' 소리가 나도록 손을 푸셨다. 뭔가 굉장히 비장해 보였다. 은주는 과연 어떤 곡을 들려줄까.

"휴……."

은주가 짧게 심호흡을 했다. 그때, 은주 눈빛이 갑자기 번뜩이며 곧바로 피아노 연주가 시작되었다. 방금까지 자신이 없다고 했던 은주의 모습은 흔적도 없이 사라졌다. 피아노 앞에는 오로지 연주에만 집중한 한 명의 피아니스트, 최은주만 남아있었다.

은주의 쉴 새 없이 빠르게 움직이는 열 손가락은 마치 건반 위라는 무대에서 정열적으로 춤을 추는 사람들 같았고, 피아노 속에서 경쾌하게 흘러나오는 선율은 그들을 이끌어주는 무곡이 되는 것 같았다. 그 순간, 난 무언가에 홀리기라도 한 듯이 연주에 빠져버렸다. 한 음이라도 놓치고 싶지 않을 정도였다.

- 딴! 따다단, 따단!

피아노에서 경쾌한 소리가 나며 은주의 연주가 완벽하게 마무리되었다. 연주가 끝나버리는 것이 아쉬울 정도였다. 은주의 피아노 연주는 그야말로 환상적이었다.

"하……. 오랜만의 연주라 그런지 괜히 땀까지 나네요. 아니, 로아 님 앞이라서 그런 건가? 하하!"

"아뇨, 뭘요. 그리고 은주 님, 연주 정말 최고였어요! 제가 지금껏 들어본 연주 중에 가장 멋지고 신났던 것 같아요."

"그게 정말인가요? 너무 감사해요. 예전에 연습을 셀 수 없이 많이 했던지라 몸이 기억하네요."

"그런가요? 대단하시네요. 그런데 저는 은주 님의 피아노 연주 실력도 보았지만 무엇보다 은주 님이 피아노를 연주할 때 진정으로 행복해하시는 모습을 보았어요. 정말 즐기시는 게 눈에 확 보이더라고요."

"그렇군요."

"그럼 기본적인 것들은 충분히 확인한 것 같으니까 이제 실전에 돌입해보죠. 혹시 은주 님의 어머님과 얘기를 나누러 가보아도 될까요?"

"아, 저희 엄마요? 아직 마음의 준비가 조금 덜 된 것 같긴 하지만, 일단 가볼게요."

"네!"

그렇게 나와 은주는 은주의 어머님을 뵙기 위해 은주의 집으로 출발했다.

"언제쯤 도착할까요, 은주 님?"

"이제 거의 다 왔어요. 저기 보이는 집이 저희 집이에요."

"와, 저곳이 댁이라는 말씀이시죠?"

"네!"

은주의 집은 보통 사람들이 사는 일반 가정집보다 더 으리으리한 2층 주택이었다.

"드디어 도착했네요."

"휴… 너무 긴장되는데……."

"괜찮아요. 떨지 마세요. 잘 해낼 수 있을 거예요."

"그럼 들어가요!"

- 끼익-

은주의 집의 대문이 열렸다. 문이 열리자마자 넓다란 마당이 보였고 아담한 호수에는 아기천사 동상이 한가롭게 햇빛을 만끽하고 있었다.

"들어오세요, 로아 님."

"네. 실례합니다. 와~"

실내도 바깥 마당 못지않게 매우 넓었다. 이층집인데다 가구들도 고급스러운 느낌이 들었다.

그렇게 집 구경을 조금 하던 중 나는 서랍 위에 세워져 있는 액

자들을 발견했다. 그 액자들에는 은주의 어릴 적 모습, 은주의 초등
학교 입학식 날 모습, 은주의 피아노 콩쿠르 대상 수상 모습 등 여러
사진들이 들어 있었다.

그런데 그 액자들 중 한 남자가 피아노를 치고 있는 사진이 있었다.

"은주 님, 이 남자분은 누구신지 여쭤봐도 되나요?"

"아, 그분은 저희 아빠셔요. 저의 꿈처럼 피아니스트를 하셨죠. 지
금은 하지 않으셔요. 작년에 교통사고로 돌아가셨거든요."

"아, 죄송해요. 제가 괜한 얘기를 꺼냈네요."

"아니에요. 죄송해하실 필요 없어요. 저도 지금은 많이 괜찮아
졌고요."

― 반짝.

루비 목걸이가 반짝였다. 잇따라 목걸이에 무슨 형체가 그려졌
다. 자세히 보니 장례식 중인 것 같았다. 장례식에서 어떤 여자가 힘
이 쭉 빠진 듯이 털썩 주저앉고는 하염없이 흐느꼈다.

"저희 아빠 돌아가셨을 때 엄마께서 엄청 상실감이 크셨나 봐요.
끼니도 거르고 하루 종일 울기만 하시고. 지금은 그때랑 비교하면 많
이 나아지신 거예요."

상실감이 컸다. 그럼 혹시 아까 목걸이 속 그 여자가…….

그 순간, 누군가가 2층에서 1층으로 내려오는 소리가 들렸다.

"은주야, 왔니?"

은주의 어머님이셨다. 어머님은 곱슬곱슬한 긴 머리카락을 묶고 나풀거리는 긴 원피스를 입고 계셨다. 그리고 다 마신 커피 잔을 들고 계단을 내려오셨다.

"은주야, 집에 왔으면 어서 네 방 들어가서 인터넷 강의라도 하나 더 들으려…… 응? 그런데 거기 학생은 누구기에 우리 집에……?"

아 참, 내 소개.

"소개가 늦었습니다. 안녕하세요. 저는 '내가 가꾸는 나 상담소'의 소장인 서로아라고 합니다."
"아, 네. 로아 양, 반가워요. 그런데 무슨 일로 우리 집을 찾아왔죠?"
"엄마, 이 분이 우리 집을 찾아오신 게 아니라 제가 이 분을 찾아간 거예요."
"응? 은주 네가 왜 상담소를 찾아가니?"
"아, 그게……. 사실……. 저는 변호사보다 피아니스트를 더 하고 싶어요. 그래서 로아 님께 부탁드린 거예요."
"하……. 또 그 소리니? 내가 피아니스트는 안 된다고 했잖아."
"하지만 저는 변호사가 하기 싫다고요."
"애가 무슨 소릴 하는 거야? 변호사가 얼마나 안정적이고 좋은 직업인데 그래. 피아니스트는 수입도 불안하고 나중에 밥 벌어먹기 힘들어. 안 돼."

"엄마, 저는 돈을 많이 벌려고 꿈을 꾸는 게 아니에요. 행복하고 싶어서 꾸는 거예요. 그러니까 제발……."

"최은주, 계속 엄마 속 썩일래? 왜 이렇게 말을 안 들어? 그냥 엄마 말 듣는 게 제일 낫다니까? 너 하고 싶은 것만 하고 살다간 인생 망쳐. 알아?"

"……."

"그렇지만 어머님, 제가 은주 님의 피아노 연주를 들어보았는데 은주 님은 음악적인 재능이 뛰어나세요. 피아니스트를 안 하는 것이 너무 아까울 정도였……."

"미안한데 로아 양, 오늘은 이만 나가줄래요?"

"네? 하지만……."

"어서요."

"엄마……!"

"……은주 님, 그럼 저는 나가볼게요. 안녕히 계세요. 어머님도 감사했습니다."

"잠깐……. 저도 같이 가요, 로아 님!"

-끼익

-쾅.

결국 은주의 집 밖으로 나왔다. 오늘은 여기에서 물러나는 수밖에 없다.

"로아 님, 죄송해요. 저희 엄마께서 좀 예민하셔서……."

"괜찮아요. 그럼 오늘은 여기까지 하죠."

"네. 수고하셨어요."

"아직 모든 것이 끝난 게 아니니까 너무 풀 죽어 있진 마세요, 은주 님."

"네…! 그럴게요."

그날이 은주의 어머님을 뵈었던 첫 번째 날이었다.

행운과 행복 사이

- emerald

은주의 어머님을 뵙고 온 지도 어느덧 한 달이 지나 5월이 되었다.

그 후로는 은주의 소식이 통 없어서 걱정이 된다. 앞으로 어떻게 해야 한담…….

– 딸랑딸랑

그때, 누군가가 상담소 문을 열고 들어왔다. 익숙한 얼굴이었다. 당연하게도 그 사람은 그토록 다시 뵙고 싶었던 은주였다.

"로아 님!"
"은주 님!"
나와 은주는 매우 반갑다는 말투로 서로를 맞이했다.

"로아 님, 죄송해요. 로아 님이 저희 집에서 나가신 이후로 엄마께서 학교를 제외하고 외출 금지령을 내리셔서 찾아뵐 시간이 없었어요."

"괜찮아요. 그래도 시간이 부족할 수 있으니 빨리빨리 진행하는 것이 좋을 것 같아요."

"네. 그런데 이제 어떡하죠? 몇 주 전부터 제가 엄마랑 대화해보려 했는데 다 실패했거든요."

"흠……. 근데 어머님께선 왜 피아노 연주를 싫어하시는 건가요?"

"아, 그게 저도 궁금했던 건데 제가 생각하기론 저희 아빠 때문인 것 같아요."

"은주 님 아버님이요? 아, 그 피아니스트셨던……."

"네. 저희 아빠 직업이 피아니스트라고 했었잖아요. 아빠는 피아니스트 중의 피아니스트라고 불릴 정도로 굉장히 피아노를 잘 치셨어요. 저와 엄마도 아빠의 연주를 좋아했죠. 그런데 갑자기 교통사고를 당하셨고 더 이상 그 연주를 듣지 못하게 되자 엄마께서는 아예 피아노와의 정을 떼기 위해 피아노랑 마주치지도 않으시더라고요. 제가 피아노를 치는 건 더더욱 싫어하셨죠. 그래서 엄마께서 제가 피아니스트가 되려 하는 걸 막으시는 것 같아요."

그렇구나. 어머님은 더 이상 마음의 상처가 깊어지기를 원하지 않으셔서 그러시는 것이었다. 하지만 그것이 결코 딸이 원하는 꿈을 막는 것에 대한 정당한 이유가 될 수 없다.

"은주 씨, 지금 바로 어머님을 뵈어도 될까요?"

"네? 지금 당장이요?"

"네. 어머님과 대화를 나누고 싶어서요."

"하지만……. 저도 엄마와 얘기하려 해도 번번이 실패했는데 괜찮으시겠어요?"

"네. 마음의 준비는 이미 오래 전에 끝마쳤어요."

왠지 모르게 마음속에서 불타오르는 듯한 감정이 마구 솟구치는 느낌이 들었다. 그렇게 또다시 은주의 어머님을 만나 뵈러 출발했다.

"정말 괜찮으시겠어요, 로아 님?"

"네. 걱정하지 마세요."

"그럼 좋은 결과가 있길 빌게요. 그게 제가 할 수 있는 최선의 방법인 것 같아요."

"고마워요, 은주 씨."

- 끼이익-

다시 한 번 은주의 집 대문이 열렸고 익숙한 잔디마당, 호수, 아기천사 동상이 보였다.

하지만 오늘은 집 구경을 하러 온 것이 아니다. 서둘러 집 안으로 들어갔다.

"실례합니다."

"누구……. 아, 로아 양?"

"네. 서로아 소장입니다. 기억하고 계신다니 기쁘네요."

"네. 그런데 여긴 무슨 일인가요? 우리 은주가 또 로아 양을 찾아
갔나요? 그 피아노 얘기면 별로 듣고 싶지 않은데……."

"아뇨. 오늘은 어머님께서 듣기만 하시는 게 아니라 한번 진지하
게 대화를 좀 나누고 싶어서요."

"무슨 대화죠?"

"제가 궁금한 점 여쭈고 어머님께서도 제게 얘기하고 싶으신 거
다 말씀하셔도 돼요."

"그럼 그 궁금한 점이 뭐죠?"

"왜 은주 님이 피아니스트를 못 하게 막으시는 건가요?"

"피아니스트는 아무래도 정말 실력이 뛰어나지 않으면 성공하
기 쉽지 않으니까요. 그래서 좀 더 안정적인 직업인 변호사를 추천
하는 거예요."

"흠……. 제가 보기엔 은주 님은 정말 훌륭한 연주 실력을 가지
고 계신 듯해서 어머님께 말씀드리는 거예요. 그리고 어머님께서 은
주 님에게 변호사를 하라고 시키시는 것은 추천이 아니라 순전히 강
요하는 것처럼 보여요."

"하지만 우리 딸이 더 성공하려면 어쩔 수 없다고요."

"어머님은 성공한 인생이 행복한 삶이라고 생각하시나요? 내 흥
미에 맞지 않더라도 성공만 하면 모든 게 다 행복해지나요?"

"그, 그건 아니죠."

"지금 은주 님 상황이 그거예요. 아무리 열심히 공부해서 성공을 해도 자신이 정말 원하는 직업을 가지지 못하면 무슨 소용이에요."

"그럼 어떤 삶이 행복한 삶인데요?"

"저는 내가 하고 싶은 일들을 맘껏 해볼 수 있는, 내가 가진 재능들을 표출할 수 있는 그런 삶이 행복한 삶인 것 같아요. 은주 님을 보세요. 피아노를 연주하실 때의 그 표정은 정말 행복할 때만 나오는 것이거든요. 은주 님은 피아노의 단짝 친구예요. 은주 님은 피아노와 함께 있을 때 비로소 온전한 은주 님이 되는 거예요."

"온전한 은주⋯⋯."

"그러니 이제부터는 은주 님이 꿈을 펼칠 수 있도록 도와주세요."

어머님께서는 한참을 고민하는 표정으로 의자에 앉아계셨다. 그리고는 말씀하셨다.

"계속 생각해봤는데, 로아 양 말이 맞는 것 같네요. 내가 진정으로 원하는 일을 해야 행복하지요. 그동안 내가 말도 안 되는 억지를 부렸나 봐요."

드디어 나의 의견에 찬성해 주셨다!

"괜찮습니다. 지금이라도 깨달으셨으니 된 거죠. 그럼 이제 집 앞에 계신 은주 님에게도 말씀해 주세요."

굳게 닫힌 대문이 다시 열리고, 은주 씨가 들어왔다.

"은…… 은주야!"
"엄마……? 엄마!"

- 와락-

"미안하다, 은주야. 내가 그동안 네 말은 하나도 안 듣고 내가 하고 싶은 얘기만 해서 많이 속상했지?"
"흐윽……. 아니에요, 엄마. 엄마께서 절 믿어주셨으니까 저도 앞으로 정말 열심히 할게요."
"은주야……. 흑, 흑……."

두 분은 그 후로도 한참을 껴안고 흐느끼셨다.
그렇게 은주의 집 거실 한가운데에 큰 그랜드 피아노가 생기며 상담은 마무리되었다.

행운과 행복 사이

- pearl

어디선가 향긋한 꽃내음이 난다. 이 냄새, 온도 모든 것이 익숙하다. 서서히 눈을 뜨고 잠에서 깨어났다. 정신을 차려보니 이상한 곳에 와 있었다.

하지만 뭔가 낯이 익는다. 아, 작년 이맘때쯤인가, 그 신을 만난 장소다. 그렇다면… 이제 상담사 서로아로 살아갈 날은 끝난 것인가.

"다시 만나게 되어 반갑다, 로벨리아… 가 아니라 로아."

어디선가 묵직하고 낮은 목소리가 들린다. 익숙한 목소리다. 역시나, 그 신이다.

"안녕하세요. 본론부터 말하죠. 이제 상담 일은 전부 끝난 건가요?"
"그렇다."
"그래서 당신을 처음 만난 이곳으로 온 것이군요. 아, 당신을 만나면 물어보고 싶은 게 있었는데…….”

“흠… 그게 뭐지?”

“혹시 일부러… 일부러 로벨리아 펠릭스의 이야기와 비슷한 내 담자가 내 상담소에 들어오게 한 건가요?”

“…….”

신은 아무 말 없이 날 쳐다보기만 했다. 답답한 마음에 한 마디 더 덧붙였다.

“내가 만난 모든 내담자들이 내 이야기와 비슷한 것은 아니었지만, 로벨리아 펠릭스였을 때의 일들을 떠올리게 하는 상담들이 몇 번 그대로 있었어요.”

“…….”

여전히 그자는 말이 없었다. 그냥 우연이겠거니와 생각해서 혼잣말로 말했다.

“역시 우연이었나…….”

“… 나를 비롯한 신들이 너를 택한 이유가 있었지.”

드디어 입을 열었다. 그리고 옅은 미소를 지으며 말을 이어갔다.

“너는 외로움이 많은 아이였다. 물론 기사로 승승장구하여 막대한 영광을 얻기도 하였지만, 언제나 네 가슴속에는 외로움이 존재했다. 가슴 속 외로움이 현실이 된 날이 있었지. 그래, 바로 네가 죽은 날이다. 너의 부모 말고는 아무도 네 편이 되어주지 않았지. 죽을 때도 너무나 외롭게 죽은 너를 가엾게 여겨 미래의 상담사로 환생시키기로 했다. 그래서 네가 조금이라도 알기를 바랐지. 차가운 마음속 외로움은 다른 이의 외로움에 공감할 수 있으며, 희망과 행복을 줄 수 있다는 것을 알아차리길 말이다. 너의 내담자들 중에 너와 비슷한 이야기를 가지고 있는 사람이 있었다고 했지? 그건 우리가 만든 것이 아니다. 운명은 신조차도 만들어 낼 수 없지……. 자, 그래서, 상담사 서로아 양, 상담사로 살았던 이번 삶은 어땠지?"

신이 내뱉는 말 하나하나가 충격이었다. 모든 게 신의 뜻이었다니. 하지만 나와 비슷했던 내담자들은 결코 신의 뜻이 아니었다면……. 그렇다면 신의 질문에 대한 나의 답변은 이러하다.

"난 외로움 따위 없었어요. 신이 돼서 날 사지로 몰고 간 사람들에게 복수할 마음뿐이었지. 근데, 그 사람들이 날 바꾸더군요. 내담자들은 나에게 희망을 주고 행복을 주고 용기를 주었어요. 식은 마음을 다시 불타게 만들어 주기도 하고, 눈물을 흘리게 하고 웃게 했어요. 상담사로 살았던 삶… 잘 모르겠어요. 여러 내담자들을 만나기는 했어도 오히려 내가 상담받은 쪽이니까."

나의 말이 끝나자 신은 크게 웃음을 터트렸다.

"아하하, 역시 신들이 택한 자로군. 하하하."

내 답이 대체 뭐가 그리 웃긴 것인지, 원. 그렇게 한참을 웃길래 슬슬 짜증이 나서 물었다.

"이제 좀 그만 웃고, 그래서 난 이제 어떻게 되는 거죠?"
"넌 그때 나와 한 약속대로 나와 같은 신이 될 것이다. 그리고 그렇게 신이 되어서 인간 세상을 가꾸는 거지."
"신이라……."

드디어 그날이 왔다. 해가 되고 달이 되어 세상의 만물을 하늘 위에서 지켜보는 신이 되는 날이 온 것이다.
자신을 따라오라는 신의 말에 나는 순순히 따라나섰다. 그렇게 그 사람의 뒤를 따라가면서, 머릿속에서는 여러 장면들이 지나갔다. 모든 내담자들의 환한 미소가 담긴 얼굴이며 꽃집의 예쁜 두 아이, 오랫동안 사귀었던 두 친구의 우정, 서로를 생각하는 모녀의 사랑까지 전부 생각났다. 대체 이건 뭘까.

"로아 님……."
누군가 뒤에서 내 이름을 불렀다. 화들짝 놀라 뒤를 들어보았다. 하지만 아무도 없었다.

"로아 님… 고맙습니다……."

분명히 들었다. 누군가가 나에게 고맙다고 하는 목소리를. 하지만 어째서 아무런 모습도 보이지 않는 것이지. 잘못 들은 것이라 생각해서 다시 앞을 돌아보았다.

그 순간, 그동안 내가 상담해드렸던 모든 내담자들의 얼굴이 내 눈앞에 보였다.

"로아 님, 감사합니다!"
"로아 님을 만나서 정말 다행이에요!"
"고맙습니다, 로아 님!"

모두들 나에게 밝은 미소로 말했다. 많은 내담자들의 감사 인사를 들으니 더 이상 내 감정을 속일 수 없을 것 같았다.

잠시 뒤, 내담자들의 모습은 사라지고 내 앞에는 신이 보였다.

"네가 머릿속에서 하고 있던 생각들이다. 참 좋은 상담사였군. 자, 그럼 마저 가지."
이 머릿속에서는 생각한 말들이 왜인지 차마 입 밖으로 나올 생각을 하지 않는다. 신은 이미 저 멀리 떨어져 있었다. 설상가상 발도 움직이지 않는다. 입이 조금밖에 벌어지지 않아서 말을 할 수가 없다. 제발. 제발 이제 시간이 없는데.

저 멀리 신의 모습은 거의 사라지기 직전이다. 절대 놓치지 않겠다는 심정으로 눈을 부릅 떴다. 아, 드디어 입이 더 크게 벌어진다.

"야!!!"

이런. 원래 하려던 말은 이게 아니었는데……. 신에게 감히 건방지게 '야'라고 말을 해 버렸다. 하지만 입을 떼는 순간 나온 말이 '야'였다. 실수했다는 생각에 두 눈을 꾹 감아버렸다.

잠시 후, 약간 한기가 불어오기에 눈을 슬며시 떴다. 신의 모습이 바로 내 눈앞에 있다.

"지금 빨리 가지 않으면 신이 될 수 없을 것인데."
"난… 신 같은 거 되겠다고 한 적 없어."

결국 말해버렸다. 신은 의외라는 눈빛과 마치 이 상황이 매우 흥미롭다는 미소를 띠며 말했다.
"오호라……. 이유가 아주 궁금하군. 말해줄 수 있겠나?"
"난 '내가 가꾸는 나 상담소'의 상담사 서로아니까요."

신은 미소를 지은 채 고개를 두 번 끄덕였다. 그 순간, 몸이 붕 뜨기 시작했다. 설마, 진짜 돌아가는 것인가?

잠시 뒤, 이제 신의 키보다 더 높게 떠올랐다. 그리고 신이 말했다.

"내가 한 가지 말해줄 것이 있네."

"뭐죠?"

"우연도 운명임을 잊지 말게나. 그 운명이 얼마나 소중한지도 기억하고. 그리고… 앞으로 약 60년 동안은 보지 않았으면 좋겠군. 내가 자네를 본다는 것은 자네의 죽음을 의미하니까."

"그럼 그땐 다시 환생시켜 줄 필요 없어요. 60년 뒤에는 당신네 신들이 가여워할 사람이 아니게 될 테니까요."

신은 아까처럼 크게 웃고 나서는 손을 작게 흔들어 주었다. 그리고……. 기억이 나질 않는다.

나는 서로아. 나이는 25살이고 직업은 상담사이다. '내가 가꾸는 나'라는 상담소의 소장이기도 하다. 여러 내담자를 만나면서 같이 웃고, 같이 울고, 같이 화를 내기도 했다. 가끔은 힘이 들 때도 있다. 하지만 상담을 마친 내담자들의 밝은 미소를 보면 힘든 마음도 눈 녹듯 사라져 버린다. 앞으로도 지금처럼 많은 사람들이 스스로를 가꿀 수 있도록 도와주고 싶다.

자, 그럼 오늘도 상담소 문을 활짝 열어볼까?

에필로그

내담자, 그 이후

- 예은이의 비밀 -

나의 얘기를 진지하게 들어주는 로아 언니를 보며 멋지다는 생각이 들었다.

언니처럼 나는 아동들에게 상담을 해주고 싶다. 아동들은 자신의 마음을 스스로 파악하거나 잘 말하지 못하기 때문에 마음을 읽어 내주고 그에 맞게 대처하면서 마음을 보듬어 주는 그런 사람이 되고 싶었기 때문에 언니처럼 상담사가 되겠다고 한 것이었다.

내 비밀은 내가 상담사가 될 때까지는 아무도 모르겠지?

- 10년 만에 마무리 -

오늘 이진이의 집에서 우리가 10년 전에 만들었던 미완성인 졸업 작품을 보았다. 역시나 매우 촌스럽고, 엉망진창이다.

"오~ 역시 시대를 앞서간 디자이너 서혜진! 진짜 신기하다. 몇 년 전에 봤을 때는 진짜 구렸는데."
"역시 유행은 돌고 도는 거야. 근데 네 디자인은 몇 년 전에도 구리고, 지금도 구린… 아야! 미안해! 잘못했어!"

이진이가 내 팔을 꼬집었다. 미완성인 디자인을 보면서 추억 여행을 하다가 좋은 생각이 떠올랐다.

"야, 이진아. 이거 지금 느낌대로 다시 만들어볼까? 미완성보단 완성이 좋잖아."

그렇게 우리는 5시간 동안 수정에 수정을 거듭하여 마침내 10년 만에 졸업 작품을 완성시켰다. 당연히, 이번에는 절대 싸우지 않고 완성했다. 다시는 보고 싶지 않던 디자인이 이제는 우리의 추억 중 하나가 되어 계속 보고 싶은 디자인이 되었다.

- 띠링
문자가 왔음을 알리는 알림음이 들렸다.

- 지니 지니! 드디어 우리 부모님이 군인 되는 거 허락해주셨어! 기분 좋은 김에 내가 쏠게. 오랜만에 만나서 고기 먹자!

- 10년 만에 재회 -

상담소를 나와서 기분이 너무 좋은 나머지, 친구에게 고기를 사겠다고 했다.

원래는 친구'들'이었는데, 10년 전에 두 친구의 우정에 금이 가서 지금은 한 친구랑만 친하게 지낸다.

식당에 도착해서 식당 안을 두리번거렸다. 그 친구의 모습이 보였다. 나는 그 친구를 향해 손을 흔들었다.

"혜진아!"
"지인아! 여기야~!"

그런데 혜진이 옆에 다른 여자가 고개를 숙인 채 앉아있다. 그녀는 내가 자리에 앉은 뒤, 서서히 고개를 들며 말했다.

"자네, 정말 오랜만이군. 그래… 드디어 군인이 될 자격을 얻었다지."

어디선가 들어본 익숙한 목소리다. 하지만 확신할 수 없어서 물어보았다.

"저… 죄송하지만 누구신지……."

갑자기 혜진이가 추리 만화에 나오는 음악을 틀었다. 그리고 그 여자가 말했다.

"내 이름은 방이진, 직장인이죠. 우리는 언제나 하나!"

이 짜증나는 성대모사……. 10년 동안 보지 못했던 친구, 방이진
이었다.

밥을 먹으면서 이야기를 들어보니, 혜진이와 이진이가 다니는 회
사가 같은 건물에 있어서 자주 만나다 보니 다시 친해졌다고 한다.

드디어 10년이라는 긴 시간 끝에, 미완성이던 우정이 마침내 완
성되었다.

- 마루 님의 뒷이야기 -

아, 참. 마루 님이 직접 얘기해주신 건데 입학식 날 자기소개 시간 때 노래를 준비한 사람이 자기뿐이었다고 하셨다. 그것도 힙합으로 말이다.

하지만 부끄러움을 무릅쓰고 도전한 용기가 눈에 띄었던 것인지 반 친구들의 관심을 아주 많이 받아 지금은 단짝이 많아졌다고 하셨다. 마루 님은 그것이 다 내 덕이라고 하시는데……. 이것 참 쑥스럽네.

만약 당신도 갈팡질팡 고민하고 있는 상황이라면 용기를 내서 도전해 보세요. 미래는 어떻게 변할지 아무도 모르는 법이니까요. 설령 그 존재가 신이라고 해도요.

작가의 말

안녕하세요. 저는 중학교 1학년 귤말랭 작가인 민가은 입니다.

책쓰기부에 들어간 후, 책 제목을 지을 때 여러 후보들이 있었습니다. 친구들과 많은 시행착오를 거친 후에 저희의 책 제목이 탄생하게 되었는데요. 저희가 '내가 가꾸는 나'라고 지은 이유는 다른 사람이 나에게 아무리 도움을 줘도 결국에는 나 자신이 스스로 내면을 가꿔야 한다는 의미에서 지었습니다.

저희가 협동해서 책을 만들어가는 모든 과정들이 가치 있었다는 생각이 듭니다. 책 속, 주인공의 행동과 심리를 하나하나 관찰하고 저희의 경험을 바탕으로 써 내려간 책입니다.마지막으로, 이 책을 읽으며 내 마음속 공허함을 느끼셨다면 자신의 마음을 잘 읽어보세요. 그리고 보듬어 주세요. 내 마음속 한 편에 허전함이 남아있다면, 위로가 필요하다면 누군가에게 기대기 전에 스스로 위로해보는 것이 더 나에게 다가오지 않을까요?

아동심리상담가를 꿈꾸는

민가은 작가

안녕하세요. 무말랭 작가, 박영주입니다.

이 책을 쓰면서, 창작의 고통이 무엇인지 깨닫게 되었습니다. 그리고 그 고통을 이겨낼 때, 비로소 좋은 글이 써진다는 것도 깨달았습니다. 또한, 글은 혼자서는 절대 쓸 수 없다는 것도 알았습니다. 내용은 혼자 쓸 수 있어도 그 내용은 자신의 경험에서 오기 때문입니다. 또한 저는 아직 어린 나이이기 때문에 어른들의 이야기를 적을 때, 잘 모르는 점들은 부모님께 물어보기도 했습니다. 책의 표지도 제작해 보면서, 내가 읽는 이 책 한 권에 얼마나 많은 사람들이 힘을 모아 썼을지 생각하게 되었습니다.

제가 쓴 토파즈, 터키석, 석류석, 자수정의 내용에는 제가 경험하거나 어떠한 일을 계기로 든 생각이나 심지어 산책하다가 든 생각까지 들어 있습니다. 머릿속에만 담고 있던 생각들을 글을 통해서 표현하면서 그 일을 다시 한번 되새기게 되었습니다. 눈물이 살짝 흐르기도 하고, 웃음이 나기도 했습니다. 비록 독자 여러분들에게 공감이 되지 않았어도, 저는 제 생각들을 마음껏 표출할 좋은 기회였다고 생각합니다.

끝으로, 이 책의 페이지를 모두 넘겨주셔서 감사합니다.

안녕하세요. '3. 행복과 행운 사이' 파트를 담당한 감말랭 작가. 권미린입니다.

제가 책 쓰는 속도가 느려 원고 작성이 쉽지 않았습니다. 그리하여 선생님과 다른 말랭 작가 친구들에게 죄송함과 미안함도 많이 느꼈습니다. 하지만 책을 쓰는 동안 힘들고 지칠 때마다 선생님과 작가 친구들의 따뜻한 격려가 제 원동력이 되어주었습니다.

책쓰기부의 배설화 선생님, 말랭 작가 친구들 그리고 모든 부원들에게 감사를 표현하고 싶습니다. 그리고 끝까지 이 책을 읽어주신 독자 여러분께도 진심으로 감사드립니다.

감말랭 작가